图书在版编目（CIP）数据

魔法公主夏薇薇.亚利桑那的蔷薇/顶猫的小姐文；蜜桃老师图.—北京：化学工业出版社，2020.1
ISBN 978-7-122-35757-1

Ⅰ.①魔… Ⅱ.①顶… ②蜜… Ⅲ.①儿童小说-长篇小说-中国-当代 Ⅳ.①I287.45

中国版本图书馆CIP数据核字（2019）第260228号

MOFA GONGZHU XIA WEIWEI：YALISANGNA DE QIANGWEI
魔法公主夏薇薇：亚利桑那的蔷薇

责任编辑：隋权玲　　　　责任校对：宋　玮　　　　封面设计：普闻文化

出版发行：化学工业出版社（北京市东城区青年湖南街13号　邮政编码100011）
印　　装：三河市延风印装有限公司
710mm×1000mm　1/16　印张9　2020年7月北京第1版第1次印刷

购书咨询：010-64518888　　　售后服务：010-64518899
网　　址：http：//www.cip.com.cn
凡购买本书，如有缺损质量问题，本社销售中心负责调换。

定　价：28.00元　　　　　　　　　　　　　　　　　　　　　版权所有　违者必究

当来自暗夜之河的那个"黑蝴蝶印记"少年神秘现身,
当有着碧蓝皮肤的海底深鲛吟唱起动人的歌谣,
蔷薇的劫难也阻止不了公主和她的守护者——
迤逦的冒险旅途就此展开!

- 第1章 神秘来电

- 第2章 蔷薇劫难
  卡迪娜王妃 /006
  雅维诺的预言 /012

- 第3章 黑蝴蝶印记
  最美丽的章鱼 /022
  黑蝴蝶印记 /030

- 第4章 东海神话
  章鱼小爱 /040
  东海深鲛之初现 /047

- 第5章 雨声·魔笛那波
  不洁的灵魂 /056
  美丽的雨声 /064

目录

● 第6章 缺失的泉眼

鲛王曼耶华 /074

叛徒斯卡汀娜 /082

● 第7章 "假戏真做"的冒险

圣石之潭 /094

成鲛术 /102

● 第8章 不悔之船

蜕变开始 /110

诀别书 /116

● 第9章 祈福之舞

深海迦楼罗 /124

前往黑沙漠 /129

第 1 章
神秘来电

黑黢黢的暗夜里，没有一丝星光，一座鬼魅残破的黑色城堡矗立在暗沉的雾霭中。暗夜统治者狄奥多西用满是伤痕的手扯平残破不堪的蓑帽，他摇着沉重的黑色船桨，艰难地荡着油浆般黏稠的水。被水浸透的小船吱嘎吱嘎往前移动，一位扎着马尾辫的少女端坐在船头，她眉宇间带着一股英气，深邃的眸子望向没有尽头的暗夜之河，不带一丝感情。自始至终，她的脸上不曾有过笑容，姿势也不曾变过。

"丁零——丁零——"，少女手里的铃铛突然响起，狄奥多西更加用力地摇橹，他惊喜地问船头的少女："野栗恩，从哪里来的交易？"

少女点点头，嘴唇凑近铃铛："这里是暗夜之河，请问有什么吩咐？"

"我以鲛王王妃的水晶冠为报酬，请你务必转告夏薇薇公主，她的妈妈卡迪娜王妃在米尔庄园等她。"铃铛里传来一声清脆又缥缈的声音，既哀伤又楚楚可怜。

"大人,她来自云哆亚星球,代价是鲛王王妃的水晶冠。"野栗恩放下铃铛,手背上的黑蝴蝶印记清晰可见。她对着若有所思的狄奥多西鞠躬。

"那个女人,真的什么都不要了。"狄奥多西摇橹的手顿了一下,旋即他的眼睛变成了金色的星星状,"不过,有钱赚就好。野栗恩,快给夏薇薇公主打电话!"

野栗恩点点头,用力地摇晃着手里的铃铛,滴的一声,电话通了⋯⋯

第 2 章
蔷薇劫难

 卡迪娜王妃

 雅维诺的预言

【出场人物】

夏薇薇,林沐夏,布雷顿医生,植安奎,
摩卡拉,吉卜赛人雅维诺

【特别道具】

黑钻之心

卡迪娜王妃

猫梨市郊机场。

金色的阳光透过白色的窗帘,在夏薇薇略微苍白的脸上描出一排斑驳陆离的剪影。她长长的睫毛下,漆黑的双眸闪烁着别样的光彩。飞机马上就要飞往夏威夷了,想到那里可爱的草裙舞,一望无际的白沙滩……她心里不由得喜滋滋的。

林沐夏的双眼泛着褐色的光芒,他端坐在夏薇薇身边,光洁如同大理石的额头舒展开来,薄唇上带着一丝笑意。他用眼角的余光偷偷看着身边的夏薇薇,她的脸颊因为兴奋泛着红晕,精致的唇瓣翘起,笑容随时都会绽放出来。

去夏威夷休养一段时间之后,她的身体就会变好吧!胸口肯定也不会再痛了——想到这里,林沐夏松了一口气,觉得自己放下财团里的工作陪夏薇薇旅行，是一件很有意义的事情。

"女士们，先生们，飞往美国夏威夷的航班即将起飞，请大家系好安全带……"空姐温柔动听的声音在机舱里响起。

夏薇薇连忙检查身上的安全带，突然，一阵熟悉的手机铃声响了起来。

奇怪，她明明上飞机的时候把手机关机了，怎么还会有电话打进来呢？

夏薇薇从口袋里拿出手机，粉红色的屏幕上显示了一个陌生的电话号码，她犹豫地看了一眼林沐夏，只见林沐夏皱着眉摇头，可她还是忍不住按了接听键。

电话那边狂风疾雨，嘈杂的声音震颤着她的耳膜。然而，那边一个沧桑喑哑的声音缓缓说出一句话，夏薇薇仿佛五雷轰顶，整个人像是被钉在了座椅上，浑身发抖。

"夏薇薇，你怎么了？"林沐夏见她失魂落魄地放下手里的电话，面色骤然苍白，担心得不知如何是好。

可是夏薇薇目光呆滞，根本不理会林沐夏。

"是不是胸口痛又犯了？"林沐夏急忙问，立刻从随身携带的行李里找药。

"对，我……胸口……好痛！"夏薇薇浑身颤抖了一下，可怜巴巴地盯着林沐夏。她按住胸口，大滴大滴的汗水沿着额头落下来，她痛得弯下了腰。

"乘务员，救命，救命！"林沐夏焦急地扶住夏薇薇，大呼救命，没有想到她的身体竟然这么弱，连坐飞机都会犯病。

飞机上的乘务员迅速拥过来，一位男乘务毫不犹豫地背起夏薇薇。大家乱作一团，林沐夏愁眉苦脸地跟在夏薇薇身后，突然，他注意到软趴趴地倒在乘务员肩膀上的夏薇薇眯起眼睛顽皮地冲他眨眨眼，随即闭上眼睛，继续呻吟起来。

难道说……她是装病？

林沐夏脚步一顿，叹了口气，随即无可奈何地追了过去。

舱门打开，飞机延迟起飞。

急救室里，夏薇薇躺在病床上，旁边站着布雷顿医生。布雷顿医生满脸白胡子，鼻梁上架着一副银丝边眼镜，大家都称他为医学怪人，因为他使用的仪器都是自己发明的，而且他轻易不给人看诊，除非他觉得患者与自己有缘……可是这次，他非要亲自为夏薇薇诊断。不一会儿，一台最新医学仪器发出"嗞嗞嗞"的声音，在夏薇薇的胸口上来回地旋转。林沐夏隔着玻璃窗几乎欲哭无泪，自从发现夏薇薇多次因为胸口痛而晕倒之后，他遍请世界名医都没有查出病因，现在他只想带着夏薇薇好好休养，这个看起来怪怪的老头到底会不会看病……他刚刚分神，只见病房里，夏薇薇趁着布雷顿医生不在意，轻手轻脚地爬下床，以加速跑的方式向着他奔来。

"沐，不要犹豫了，我们快逃到米尔庄园！"夏薇薇用力推开玻璃门，拉起呆立在门口的林沐夏拔腿就跑。

刚刚那个电话里……夏薇薇的瞳孔猛地缩小，那个秘密总算要揭开了……

北极之巅。

寒风像是刀割一般刺疼人的肌肤。植安奎仅仅穿着一件白色衬衫，双腿架在一条巨大的冰缝两边瑟瑟发抖。他的面前时不时飞来一些冰钻、利刃，植安奎闪避不及，侧脸被划破，血液还没有来得及流出伤口，就迅速冻成了晶莹的红色冰块。

"呜呜……好冷！"白胡子的摩卡拉不仅穿着自己的大衣，外面还裹着植安奎的黑色魔法袍。他边走边抱怨，呼出的白气变成了冰碴。咚的一声，矮小的他不小心踩到了拖地长衣，摔了个四脚朝天。

"移冰术！"植安奎手指相扣，对准不断飞来的利刃逐个击破，寒风卷着单薄的衣衫，露出他冻得青紫的皮肤。突然，他脚下的两块浮冰开始剧烈摇晃，植安奎心里"咯噔"一下，他可以清楚地看见冰缝里浸着冰碴的深蓝海水。他努力稳住身形以免落入冰缝中，透过纷飞的冰雪，他又一次看见渡鸦会的长老，也是他的师傅摩卡拉狼狈地跌倒在冰块上，脸上顿时三条黑线。

"徒儿，救我！我快要冻死啦……"摩卡拉干脆不起来了，他把自己包得严严实实的，开始在冰面上滚来滚去，一边滚一边叫植安奎救他。

"摩卡拉，你自己起来！我这里都自顾不暇了！"植安奎大声吼道，脚下的冰块越来越碎，而他面前的尖冰又变成细针，直扑到他面前……突然，他觉得胸口一阵狂跳，胸前的红宝石迅速飞出，绽放出火焰般的光彩，冰针立即化成水纹，不见踪迹。

"植安奎你这个臭小子！"摩卡拉继续在冰面上滚，一层冰霜飞腾起来，他身后的一块冰正在裂开巨大的缝隙，而他却一丝一毫都没有注意到，仍旧在耍赖。

植安奎看到这一幕，惊得浑身颤抖，虽然他的师傅爱穿他的衣服害他受冻，每一天都强迫他站在两块碎冰之间害他差点掉下去，白天吃饭的时候要求他在冰天雪地里找食物，而且摩卡拉不吃荤只吃素……但是，那是跟他相处了近半年的师傅！

植安奎用尽全身力气，跳起身来。冰块碎成细尘，红宝石之光越发强烈。他几步飞踏过去，一把抓起摩卡拉的衣服……往上空飞去，可是衣服怎么这么轻？植安奎往下看去，只见摩卡拉圆圆的身体像个球"咕咚"一下掉进了冰窟里。

"师傅！"植安奎丝毫没有多想，纵身跳入冰窟，冰水刺入他的骨髓，痛得他几乎痉挛，他睁开眼睛往水底极力寻找……

"咚咚咚"，有人在冰面上用力地敲。

植安奎仰起头，只见厚厚的冰面上坐着一个小人，那不就是摩卡拉吗？

"你怎么可以耍我？"植安奎气愤地抹了一把脸上的水，潜出冰窟，恨恨地盯着冰面上裹得严严实实的摩卡拉。

"哎，没办法，本来想让你掉进海里一次，可是你总是站得那么稳，所以我只好出此下策了。"摩卡拉不以为然地摸摸后脑勺，他目光灼灼地看着狼狈地爬出冰面的植安奎，忍不住窃笑起来。

"你也进去试试吧，真的很凉快！"植安奎哆嗦着，对着矮小的摩卡拉大吼。

"慢着！"摩卡拉突然满脸严肃，他捋捋胡子，压低声音，"今天是你试炼成功的日子，刚刚是为师给你的一份见面礼。"

试炼成功？

植安奎简直无法相信地望着摩卡拉，他辞别大家已经有半年，在寒冷的北极接受渡鸦会的入门试炼，今天总算告一段落。

"我之所以要你在北极接受试炼，主要是因为你的灵魂被污染过，而北极最为纯净的寒冰可以帮你疗伤。但是，你身上仍旧余毒未尽。"摩卡拉叹了一口气，脸上显出几分沧桑，他看了一眼满脸疑惑的植安奎，裹紧肩上的披风，"还有你身边最为亲近的人，她身上的毒要比你深得多，而且人间的蔷薇花正在不断枯萎，我想时日不多了——你赶紧回到伙伴们身边去吧，他们在米尔庄园！"

"师傅,我不明白,我们的灵魂为什么会被污染,身边亲近的人又是谁?"植安奎冷得直打寒战,他仍旧不甘心地追问。

"呜呜,好冷,我总算可以回猫梨市了,这里果然不适宜人类居住,阿嚏!"摩卡拉完全无视植安奎的问题,对着天边耀眼的极光打了一阵哆嗦,"快带我回家吧,再不走真的冻坏了。"

植安奎叹了一口气,弯腰捡起落在地上的黑色魔法袍,背起摩卡拉,驱动渡鸦会的红宝石向着南方飞去……

雅维诺的预言

天空白云朵朵,丝丝缕缕如同散落的棉花糖;地上青草如茵,白石子小路从脚下延展到一座典雅的喷泉前,晶亮四溅的水花,把阳光氤氲成耀眼的钻石。

夏薇薇焦急地望着米尔庄园的入口,对于身边的美景,她一点欣赏的心思都没有。

哥特式教堂响起的钟声,敲击着她的心。

"夏薇薇,我们已经在这里等了三个小时了,你身体不好,我们找地方坐一坐吧。"林沐夏走到她身边,柔声劝她。

"再等等吧,我感觉她就要来了!"夏薇薇的心怦怦直跳。她三岁的时候,母亲就失踪了,父亲白尼斯杜特尔兰国王派人寻找母亲,已经十几年了,仍旧不见母亲的踪影。今天她突然接到一个陌生来电,卡迪娜王妃会来米尔庄园跟她会面……见到妈妈要说什么话?抱怨她这么多年来对自己不闻不问，还是抱住她痛痛快快地哭一场？别的表哥表姐都有妈妈，唯独她，每次都孤零零的……妈妈还认得出她吗？妈妈长什么样子？"彩虹之穹"里没有一张卡迪娜王妃的照片……

空中的白云突然迅速扭曲，一股强大的魔法能量直逼米尔庄园！夏薇薇和林沐夏抬起头望着天空中逐渐放大的黑点，惊得一句话都说不出来。

"林沐夏，等会儿她落下来的时候，请你不要告诉她我在这里。"夏薇薇的心跳快到无法呼吸，十几年没见的妈妈现在突然回来，而自己……自己似乎早就习惯没有妈妈的日子了。期待了那么久的幸福突然到来，夏薇薇有些手足无措，她惶恐不安地寻找藏身的地方。注意到身后的大喷泉，夏薇薇毫不犹豫地往喷泉后躲去。

"等一下，夏薇薇，你们不是约好了要见面吗？为什么突然要躲……"林沐夏的话还没有说完，"轰隆"一声，仿佛是弹药炸开土地一般的巨响，他的耳膜嗡嗡直颤，一瞬间什么都听不到，只看见夏薇薇的背影越来越小，消失在喷泉之后。

视线一片模糊，烟尘滚滚，林沐夏反应过来的时候，他的脚已经立在了一个巨坑的边缘，稍微不注意就可能掉下去。他惊了一下，迅速往后退到安全区域，努力抚平狂跳的心脏，大口呼气。烟尘逐渐散去，大坑里缓缓走出一个挺拔颀长的影子，黑色的魔法袍飞扬在风里，修长的双腿迈着矫健的步子向林沐夏走来。他的脸在逆光中显得更加棱角分明，胸口处暗红的宝石光芒神秘又强大，让人有种似曾相识却又陌生的感觉……

"沐，你也在这里。"植安奎随意地掸落肩膀上的泥土和草屑，探寻的目光环视四周，似乎在找什么人。

林沐夏的嘴巴还保持着"O"形，震惊地望着眼前的植安奎，不过短短半年不见，他简直是一个飞跃……怪不得夏薇薇会放弃去夏威夷选择留下来，原来都是为了等历练归来的植安奎……他本来想告诉植安奎夏薇薇的去向，突然想起夏薇薇要他帮忙隐瞒去向。

"她人呢？"

"什么人？"林沐夏只好假装糊涂。

植安奎迅速扭过脸看向喷水池，心里顿时腾起一股怒火——他从天而降的时候就看到夏薇薇像是见鬼了一般往水池后面躲，难道说短短半年不见，夏薇薇就这么怕他吗？他又不会吃了她！想到这里植安奎压住心头的气愤，径直往喷泉后面走去。

林沐夏不知如何是好，只好跟了过去。

脚步声越来越近，夏薇薇忍不住发起抖来，没有想到她的母亲威力如此强大，竟然把喷水池都震裂了！紧接着，夏薇薇心里一阵伤感，十几年了，妈妈总算来了，她勇敢地扭过脸看过去——滚滚烟尘中，两个挺直高大的身躯逐渐向她靠近，夏薇薇的眼睛湿润了，声音哽咽在嗓子里："妈……"

然而她还没有叫出来，只听见熟悉的大魔王的声音："夏薇薇！你躲在这里做什么？"

夏薇薇的心咯噔一下，她睁大眼睛望着植安奎那熟悉的脸。只见他额头光洁，双眉紧锁，深邃锐利的黑眸盯着自己。长时间不见面，他的脸上多了几分成熟和坚毅。

"只有你一个人吗？"夏薇薇望着他身后，确定没有别人来，眼底一阵黯然。

"哭了？"植安奎注意到夏薇薇明亮的双眸里起了一层水雾，疑惑地蹲下身来打量她。

"我想夏薇薇是喜极而泣吧！现在植安奎完好无损地回来了，你该放心了吧？"林沐夏帮夏薇薇揪下裙子上的草叶，笑着安慰她。

"是的，你回来我就放心了。"夏薇薇立刻站起身来，对着植安奎开心一笑。她仰起头看着天空，掩饰住心头的哀伤。妈妈，你到底什么时候回来……等到我们真正相遇的那一天，你还会记得我吗？

蔷薇面馆。

夏薇薇、植安奎、林沐夏三人坐在饭馆里吃面，好久不见的三人这次相聚格外亲密。植安奎从北极马不停蹄地赶来，一下子吃掉了五碗银丝拉面，吓得夏薇薇以为他从来没吃饱过。

"服务员，买单。"植安奎见大家都吃好了，扬起手臂叫道。蔷薇面馆的服务员打扮得特别可爱，清一色十五六岁的小女孩，穿着红色的旗袍，走起路来足下生风，十分动人。

植安奎习惯性地往黑色魔法袍的口袋里摸了摸，可是他几乎翻遍了所有的口袋，竟然找不到一枚硬币来付钱。服务员有些尴尬地立在一旁，夏薇薇疑惑地望着植安奎手忙脚乱的样子，心想：好歹他也是一位国际知名的魔术师，不会穷到一毛钱都没有吧？

"我来吧。"林沐夏从银色的西装口袋里掏出一张信用卡递给服务员。

植安奎的脸一下红了，他别过脸看着窗外，一语不发。摩卡拉竟然一毛钱都不留给自己，渡鸦会试炼还要收昂贵的学费，真是没天理啊……

"扑哧"一声，夏薇薇忍不住笑出声来。原来植安奎也有窘迫的时候！林沐夏在桌子下用胳膊肘碰碰夏薇薇，示意她别笑，给植安奎留点面子。

气氛有点尴尬，又有点好笑。

"怎么回事？！蔷薇花为什么突然枯萎了！"刚刚收费的那位服务员失声尖叫起来，她面色苍白地指着门外的栅栏，那里原本娇艳欲滴的蔷薇花枯萎变成了黑色，整个花架看起来十分恐怖。

蔷薇花枯萎？

植安奎猛地站起身来走出门外，试炼完成的时候，摩卡拉提示过他，蔷薇花正在枯萎……时间已经不多，可是这到底是为什么？

夏薇薇和林沐夏也十分警觉，跟着植安奎走到门外。

"啊！"夏薇薇不由得尖叫起来。她最喜欢的蔷薇面馆，怎么突然干涸成一片荒园？仿佛是噩梦一般，胸口突然一阵钻心地痛，夏薇薇努力稳住脚步,手指用力按压胸口,疼痛越来越剧烈,她的视线逐渐模糊,胸口窒息,呼吸也跟着停滞,又要晕过去了……怎么办?不想让植安奎知道她的病,不想让大家担心……她不由自主地往后退了几步,肩膀却被一只强有力的手臂揽住了。夏薇薇茫然抬起头,目光恰好撞到了植安奎关切的眼神。

"刚刚被枯萎的花吓坏了。"夏薇薇随便找了一个理由,目光闪烁着,努力站直身体,对着植安奎勉强挤出一个笑容。

植安奎没有多说,他漆黑的眸子转而盯着天边暗涌的云。夏薇薇苍白的面颊,消瘦的身体,还有额头上大滴的汗水……是无法掩饰的。

摩卡拉说的那个他身边最亲近的人,灵魂被污染的另一个人,应该就是夏薇薇吧。

林沐夏走进蔷薇花丛,用同情的目光盯着这些枯萎的小花,他双手合十,默默地祈祷。他还记得,很小的时候他跟着爸爸一起出海开拓国际市场,在茫茫的东海之上,一群湛蓝的鲛人围着一个巨大的蓝色海螺唱歌:

  蔷薇花枯萎的时候,悲剧又要重演,
  我们鲛族人该何去何从,可怜的孩子们?
  泉眼再次干涸,斯卡汀娜,塞涅卡,
  感激有你们同在……

那个时候林沐夏听不懂歌里的意思,指着水面上巨大的海螺惊喜得又蹦又跳。可是他们家族的一位长老却捂住他的嘴巴不要他发出声音,老者附在他耳边低声叮嘱:"永远不要打搅鲛人,他们是这个世界上最为宁静神秘的种族。你现在看到的是大海的海市蜃楼,看得见却摸不着。鲛人们住在海底,我们人类进不去,也找不到。"

"先生,请让我为你预言!"一个声音打断了林沐夏的回忆。栅栏外突然出现了一张愁苦的脸庞，她睁大眼睛盯着林沐夏，从怀里掏出一个晶莹剔透的水晶球。

"啊——"林沐夏的回忆被打断，吓得尖叫起来，手心里凋谢的花朵也被他揉碎了，他惊叫着，"罪过罪过……"可是对面突然出现的女人的脸还是好恐怖。

夏薇薇和植安奎闻声纷纷赶过去，只见一个衣衫褴褛、披着脏兮兮的红布斗篷的女人走了过来。她黑色的长发粘连在一起，斗篷下穿着一件红黄相间的打底毛裙，上面沾着黑乎乎的污垢，似乎很久都没有清洗了。她的五官十分深邃，肤色有点暗沉，不像是中国人。

"蔷薇花枯萎的时候，悲剧又要重演……"女人开始低声哼唱起来，瘦骨嶙峋的手指托起怀里的水晶球，另一只手围着它不断旋转，水晶球有了感应，变得波光潋滟，十分美丽。

"你说什么？你怎么也知道这个谣传？"植安奎震惊地望着女人。他很熟悉这个女人的装扮，她是流浪的吉卜赛女人，"猫梨七号"里，他爷爷曾经留下过一个水晶球，上面附的画册就是这个女人，而且画册上有一个吉卜赛的预言……蔷薇花枯萎，悲剧又要重演……难道今天是吉卜赛预言兑现的日子吗？

"谣传？"吉卜赛女人挑起眉梢望着植安奎，她幽幽地反问，"你心里清楚，这句话肯定不是谣传。"

"你是谁？你的话我怎么不明白？"夏薇薇的胸口好了很多，她望着大家，一点头绪都抓不到。

"我是吉卜赛占卜师，雅维诺。"她抬起头，很有尊严地介绍自己。

"如果世界真的要发生悲剧，那么要怎么破解？"林沐夏走过去问她，他现在对小时候听到的那支鲛人之歌深信不疑。

吉卜赛女人自得地笑笑，她意味深长地对着林沐夏伸出了一只手指，钩了一下。

林沐夏的嘴唇嚅动了一下，迅速从口袋里掏出一张信用卡，放到雅维诺黑乎乎的掌心里。

"我只要珠宝和金子,不要信用卡。"雅维诺很不屑地掸落卡片,不满地噘起嘴巴。

林沐夏的脸微微发红,他像是变戏法一般从身后的口袋里掏出一个布袋,放到雅维诺手里。雅维诺的眼睛顿时发出光芒,她很惬意地抖抖手指,听到里面金子相撞的声音,这才满足地点点头。

"沐,你怎么随身携带这么多钱?"夏薇薇目瞪口呆地望着林沐夏。

"出门在外,多带点钱比较方便。"林沐夏小声回应夏薇薇。

植安奎别过头,有点心虚,他现在一毛钱都没有。

雅维诺用一块黑布遮住水晶球,嘴里叽里呱啦地念起了大家听不懂的咒语,突然她睁大眼睛,声嘶力竭道:"蔷薇花枯萎只是个悲惨的前兆,世界将会混乱,鲛人作乱,沙漠……雪山……"

大家听得一愣一愣的,完全没有头绪。

"呼……"雅维诺重重地呼出一口气,她擦掉额头上的汗水,顿时额头更加脏了,她剧烈喘息着,"我的通灵能力不够,除非……"

"除非什么?你刚刚的预言根本就什么都没说清楚!"植安奎一步走到前面去,他发现这位占卜师竟然如此贪婪。

"除非他可以跟我在一起,直到我找到我们的大篷车为止。我跟大篷车走散了,一个人简直生存不下去,所以只有你陪着我,我才可以找到我的家!"雅维诺突然睁大眼睛,她脏兮兮的手一把抓住身边的林沐夏的白衬衫,压低声音威胁着。

"这怎么可以,沐不会跟你走的。"夏薇薇紧张极了,那么温柔的林沐夏跟古里古怪的雅维诺在一起,肯定会有危险的。

"你说只要找到大篷车就会放我走吗?"林沐夏委屈地避开雅维诺的脸,声音略微发颤。

"是!而且我会给你们进一步的预言。"雅维诺信誓旦旦。

"我来代替他!我答应你帮你找到大篷车。"植安奎实在看不下去了,他走过去自动请命。

夏薇薇惊慌地望着植安奎,她也不想让他去。

"不,我只要这位先生,他可以给我金子。"雅维诺眯起眼睛笑笑,对林沐夏十分满意。

植安奎气得浑身发抖,可是又没有办法。

"我跟你走,你赶快预言吧。"林沐夏深吸一口气,承诺道。

"很好。"雅维诺开心极了,她双手托起水晶球猛地往天空中抛去。她苍老暗沉的脸色被水晶球照亮,目光深若寒潭,变成混沌一片,半晌,她才喃喃地说:"到东海找世界上最美丽的章鱼,唯有她知道,如何挽救这个世界……"

雅维诺的话刚刚说完,她的身体就随着水晶球一起消失在空气中,随着她一起隐遁的还有林沐夏……

"沐!"夏薇薇望着眼前空茫茫的一片,伤心地大哭起来,"你一定不要有事……"

第3章
黑蝴蝶印记

 最美丽的章鱼

 黑蝴蝶印记

【出场人物】
夏薇薇，植安奎，狄奥多西，
野栗恩，达文西，比尔，林沐夏

【特别道具】
黑蝴蝶剑

最美丽的章鱼

古老的图书馆里,夏薇薇爬上高高的旋转楼梯,找寻关于东海世界上最美丽的章鱼的资料。雅维诺给他们的预言不够全面,东海那么大,总不能抓着每只章鱼细细打量一番,难不成还要举办一个章鱼选美大赛?更加让人郁闷的是,夏薇薇从来没有觉得章鱼这种软体动物好看过。她抱着散发着陈墨气味的书籍睁大眼睛逐字逐句地读……这些书里介绍了各种章鱼……可是看起来都好丑……

植安奎也丝毫不敢懈怠,对于最美的章鱼他也没有概念,急得满头大汗。

"喂,要不然我们不找了,直接到海里去抓章鱼就好了。"夏薇薇气馁地放下书本,对着植安奎抱怨。突然,一本泛黄的小册子从书本里打着旋掉下来,恰好落在植安奎脚边。

他疑惑地拾起来,掸掸上面的灰尘,望着泛黄的书页,心头猛地一颤。

"彩虹之穹"的圣女艾普丽被惩罚到东海海底之后,她怀抱水罐,穷其毕生精力清理东海海底的一切污浊,于是海藻更加闪亮,海水更加清澈……包容万物的深海逐渐孕育出一个小小的女孩,她是世界上最澄净的灵物,她有一双浅蓝色透明的眸子。可是她睁开眼睛看到世界时,第一眼看到的人就是温柔和蔼的艾普丽,有着强大通灵能力的她顿时明白自己是被创造出来的,不禁大哭起来。

"你凭什么不经过我的允许就把我创造出来?这个世界上的人都臭臭的很难闻,一点都不美好。"小女孩边哭边抱怨。

温柔的艾普丽没有办法,她不是故意创造出这个孩子的。

正在她不知所措的时候,小女孩突然扬起手臂用力拍打海水,一道冰蓝的水波扑向艾普丽,她猝不及防,被驱逐出大海,可是她的去处,没有人知道。

后来……

植安奎急切地往下翻看,可是下面泛黄的纸页竟然一个字都没有,艾普丽创造出来了一个小孩子……她住在东海海底,是不是可以通过她,问问世界上最美的章鱼的下落呢?

夏薇薇也凑了过来,她与植安奎交换了一个眼色,猛然发现他们的想法竟然出奇一致。

"我们需要两张去东海的机票。"夏薇薇建议道。

"等等,我觉得我们有必要先表演几场魔术……"植安奎一言难尽,没有足够的资金,寸步难行。

"哎,要是沐在这里就好了,他从来不为钱发愁。"夏薇薇想了一下,叹了口气。

"自力更生有什么不好,夏薇薇你快点觉悟吧!"植安奎皱起眉头望着一脸失落的夏薇薇，手掌揉揉她的头顶算是一个警告。

"等一下！"夏薇薇正被植安奎揉得头晕眼花，她注意到植安奎手里的小书亮了一下。

两人连忙往下看去，只见刚刚的故事后面又出现了一排小字：

十几年来，这本尘封的书终于被两个孩子发现了……

夏薇薇和植安奎面面相觑，书里说的两个孩子，应该说的就是他们两个，可是这本书，难道会自行书写发生的故事？真的太神奇了！

"我们走吧，去表演魔术赚点现金，就辛苦你当我的助手了。"植安奎顺手把书装到自己的口袋里，大步往门外走去。

经过连续一个星期的魔术表演，植安奎和夏薇薇赚得盆满钵满。他们带着两张飞往东海之滨的机票，向着猫梨市郊的机场方向走去。一路上，许多环卫工人在清除干枯的蔷薇花枝。夏薇薇低下头，这几天，她不断想起小时候美拉奶奶曾经说过的话："彩虹之穹"的公主们人人都有自己的守护花神，她的守护花就是红蔷薇，寓意爱和思念。她有些担心是不是因为她身体不好，牵连到了守护花神，所以花朵在不断枯萎……或者，是蔷薇花神的力量变弱，所以无法再守护她……

"你相信这个世界上真有守护花神吗？"夏薇薇抬起头问他。

"废话。"植安奎转过脸对上夏薇薇疑惑的双眸，毫不犹豫地泼了一瓢冷水。

夏薇薇的脚步迟疑了，她委屈地盯着植安奎径直往前走的背影，为什么她说的话他都不信呢？如果蔷薇花神受到侵扰，他们可以想办法去阻止呀！

"你不走吗？"植安奎停下脚步，用探询的目光打量着夏薇薇，见她心不在焉的样子，他的唇角勾起一抹笑意，"正是因为相信这个世界上有蔷薇花神，所以才要努力去找到拯救世界的办法，这种问题还需要问吗？"

"可是废话的意思……"夏薇薇的声音哽在了喉咙里，既然那个家伙相信她的话，那么身上就有无限动力了！她甜蜜一笑，加快了追赶植安奎的脚步。

波涛汹涌的暗夜之河，狂风卷着油墨般凝重的河水，打在人的脸上就是黑乎乎的一片。

"野栗恩，再绑紧一点！"暗夜统治者甚至没有时间擦掉沾满全身的油污，对着船头正在勒紧麻绳的少女大声吆喝。

破旧的船上，呻吟声一片，各种透明或者污浊的灵魂密密匝匝地拴在一起，拥挤不堪。野栗恩不得不用麻绳捆住它们，以免灵魂因为太挤而掉进暗夜之河。轻盈的灵魂一旦跌入油一般的河水中，就会沉下去，有的甚至来不及发出一丝呼救声。

"大人，云哆亚星球上的生物快要灭绝了吧？"野栗恩咬紧牙关，一脚钩起被挤得快掉下去的一只小白兔的灵魂，置在船上，大声问狄奥多西。

"那样才好，我就不用再干这种运送死魂的工作了，真是累啊。"狄奥多西用力摇动船桨，哗啦哗啦的摇橹声与风雨声响成一片，可是他被风霜剥蚀的脸上却闪着兴奋的光芒。

野栗恩沉默了，她知道这一船灵魂是用什么代价才有机会到别的星球上投胎转世的，狄奥多西永远都不会做亏本的生意。回首望过去，曾经泛着盈盈蓝光的云哆亚星球越发暗淡，或者不久的将来，它就会变成一颗死星……

突然，手上的铃铛响了起来。

野栗恩看了一眼狄奥多西，得到他的应允后，才凑近铃铛压低声音问道："这里是暗夜之河，请问有什么吩咐？"

"野栗恩？我是布雷顿医生，你们要找的那个小女孩，她的心脏确实有一颗黑钻。"电话那边是扬扬得意的声音。

"好的，我知道了。"野栗恩挂断电话，她不明白为什么一向抠门的狄奥多西会买通布雷顿这个人间魔法师寻找一颗黑钻……但是职责所在，她也不会多问。

"如果可以把她的心带过来，那颗黑色钻石能卖很多钱呢！野栗恩，你去找她，记得带回她的心。"狄奥多西开心地大笑起来，暗夜之河的水更黑了，天上惊雷阵阵，刺眼的闪电时不时撕裂暗沉的天空。

野栗恩点点头，要取出少女胸腔里一颗鲜活的心……她不由得深吸一口气，胸口有些难受。她重重地闭上眼睛，只要是狄奥多西命令的事情，她从来都不会违背……

猫梨市郊机场。

夏薇薇扬起手臂遮住眼睛，天气看起来似乎很不错。植安奎这个大魔王变了很多，所有的行李都是他帮着她提的，这可省下了她不少力气，所以她有心情看下周边的美景。

"登机吧。"植安奎把行李托运以后，提醒夏薇薇。

"再等等。"夏薇薇转过身，略带请求的目光看了一眼植安奎，她翘首望着登机口，心里期盼着……林沐夏会来吧……他一定有办法赶过来的，上次把他一个人丢给那个吉卜赛女人实在是太不厚道了。

植安奎注意到夏薇薇期冀焦急的目光，已经大概明白了她的想法，于是站在她身旁，静静陪着她。

"夏……夏薇薇……呜呜……我总算找到你了！"登机口突然出现了一个穿着波西米亚长裙的"女人"，可是这说话的声音却是男人的！

"是达文西！他来了！"夏薇薇惊得跳起脚来，连连鼓掌。

达文西拉了一个跟他一般高的黑色皮箱，手上提着一个超大旅行袋，肩膀上还斜挎着两个黑色文件包……整个人被行李遮挡得严严实实的，走起路来也是一摇三摆，随时都有可能摔跤。

植安奎看不下去了，走过去帮他，乘务员也过来帮达文西卸行李。

"你们托运的时候一定要特别小心，那些可是我全部的家当和宝贝……呜……每一件我都投了保险，丢了你们可赔不起……"达文西不甘心地指挥着。

夏薇薇忍不住笑了起来，几个月没见面，达文西变得更加会料理家事，并且"女人味"十足。

"我的小夏薇薇，你瘦了好多，以前红扑扑的脸蛋也不见了，真是让人担心。"达文西很满意地看着乘务人员小心翼翼地挪走他的行李，这才跑过去拥抱夏薇薇。

"你怎么找到我们的？"夏薇薇抱着达文西宽阔的肩膀，闭上眼睛，闻着他身上熟悉的 Gucci 香水味，突然安心了好多。

"世界顶级魔术师植安奎这几天突然携手超高人气的新人女星夏薇薇重返娱乐圈，电视上都是关于你们的报道，我就跟来了！你不知道，没有你在我身边，我觉得当经纪人太没趣了，所以就把我所有的家当都带了过来，以后你去哪里，我就跟到哪里！"达文西抹了一把眼泪，抱紧怀里的夏薇薇，脑海中不断回忆着他跟夏薇薇从相识到相互信任的日子，心里不由得发酸。虽然在夏薇薇寻找"公主的守护者"的日子里，达文西被夏薇薇的国王爸爸借用过一段时间身体，可是那共同经历过的一切，都深深地印在他的脑海里，挥之不去。

"走吧！"植安奎止住正在劝说他们上飞机的乘务员，白了一眼夏薇薇和达文西。

"我们走吧。"达文西抽抽搭搭地望着夏薇薇，扬起手臂帮她揩下脸上的泪花。

一路上，达文西对夏薇薇呵护有加，植安奎在一旁研究入海的路线。幸好在此之前的那段"魔法少女在人间"的冒险中，温柔美丽的艾普丽曾经塞给夏薇薇几颗晶莹剔透的珠子，只要含着这种被称为"水粒子"的东西，潜入冰水时人就不畏寒冷，呼吸也变得通畅。他们才不用发愁在水底呼吸的问题。

到了东海机场，达文西这才肯离开夏薇薇，跑去接行李。

傍晚时分，海风有些凉，植安奎见夏薇薇抱着手臂，下意识地脱下身上的黑色大衣裹在她的肩膀上。

"夏薇薇小姐，我家少爷已经帮你们定好了圣达瓦大酒店的房间。"一位穿着黑色西装戴着黑色墨镜的金发男人突然出现在夏薇薇面前，他蹩脚的中文听着很耳熟。

"比尔？"夏薇薇睁大眼睛望着对面的法国男人。

"正是在下。"比尔摘下墨镜，对着夏薇薇微微一笑，"少爷已经在酒店里等你们了，我开车送你们过去。"

植安奎曾经跟比尔恶战过，心里对他多少有些不自在，但是夏薇薇和达文西已经开心地坐上了比尔的黑色宾利，他只好跟了过去。

"比尔，沐是怎么从雅维诺那里逃出来的？"夏薇薇忍不住问他。

"少爷跟我们联系过，财团迅速派人找到了雅维诺族人的大篷车。当时，他们族人正严重缺水，我们不仅为他们提供了用水，还给他们部落送了很多补给,他们十分感激,就放了我们家少爷。"比尔的汉语越说越流利,开车时的心情也大好。

"那林沐夏是怎么知道我们的去向的?"植安奎的警惕性很高。

"大……大魔术师,你怎么总是这么容易怀疑人?当然是林氏财团在帮忙,而且你们的去向一点都不保密,通过娱乐视频直播都可以知道。"达文西对着小镜子抹男士唇膏,他巴不得赶紧到酒店睡一个美容觉。

夏薇薇偷偷拉达文西的衣服,要知道植安奎一直在研究如何避人耳目,如此看来,他们的去向是有目共睹的。

夏薇薇抬眼,注意到植安奎的双颊微微泛红,不禁暗暗发笑。

黑蝴蝶印记

豪华的五星级圣达瓦大酒店。

达文西坚持送夏薇薇到房间，而且要先把行李放到夏薇薇的卧室里。因为达文西专门为夏薇薇准备了一份神秘礼物。一听到礼物，夏薇薇的眼睛都亮了，她无比期待地帮着达文西推着行李箱，脑子里不断幻想着会是什么神秘礼物。

植安奎本来想去帮忙，可是见他们忙着哼哧哼哧地在房间里拆礼物，就不愿意打搅，于是绕过铺着纯羊毛地毯的长廊，向林沐夏的房间走去。

植安奎对林沐夏多少有些不放心，林氏财团曾经一直在幕后为"彩虹之穹"的王位之争提供支持，虽然到最后林沐夏还是选择帮助夏薇薇，但是这次出行必定十分凶险，植安奎不能容忍任何人的背叛。

植安奎刚刚走到林沐夏的房间，还没来得及敲门，房门却自动打开了。沐正坐在软椅里看电视，见到植安奎过来，立刻站起身来笑道："我知道你要来找我，卧室的门是自动认定来访人的，所以你来了它就自动打开了。"

　　植安奎点点头走了进去，他漆黑的眸子扫过四周。房间的布置十分奢华，摆放着的都是精雕细琢的桃心木家具，萦绕着一股暖香。他最终把质疑的目光停留在林沐夏的脸上。

　　"这次的东海之行，我也会参与，夏薇薇的身体状况已经不能再拖了。"林沐夏沉静温敛的目光中掠过一抹担忧，他注意到植安奎怀疑的眼神，转过身走到一个镀金的小匣子旁，从里面掏出一个晶莹剔透的水晶球送到植安奎面前，温润的面颊上闪过一丝尴尬，"我知道你用魔法屏蔽了你和夏薇薇的去向，而我之所以可以找到你是因为雅维诺，她在我临走时替我占了一卦，告诉我在这里可以等到你们。这个水晶球是她送给大家的，并且她嘱咐过，路过黑沙漠的时候，我们可以用它照明。"

　　"夏薇薇还可以坚持多久？"植安奎锐利的目光扫过林沐夏的脸，最终放下警惕，他叹了一口气，颓然坐在沙发上。

　　"她心里的黑钻毒素越来越强，现在还是潜伏期，毒素还压制在她的身体里并没有扩散；但最长一年，最短一个星期或者一个月，毒素就会扩散到全身，到时候就麻烦了。"林沐夏退了一步，靠墙站着，修长的手指无意识地拨弄着水晶球，他澄若秋水的目光氤氲着一层水雾，心里也闷闷的，很难过，"林氏财团再有钱，也无法根除她的病，钱似乎不是万能的。"

　　"既然这样，一起去找解药吧，既然雅维诺说水晶球有照明的作用，那请你务必保管好它。"植安奎走过去拍拍林沐夏的肩膀，黑瞳闪过一缕亮光，该死的"世界上最美的章鱼"……难道找不到这只章鱼，死神真的就要拿走夏薇薇的生命吗？他恨恨地握紧拳头，闭上眼睛低声对林沐夏说，"不要告诉她这一切。"

　　"放心吧……"林沐夏抬起头，俊雅的面庞透出一丝喜悦，植安奎愿意接纳他了。

　　"啊——"

突然一声惊恐的女孩子的尖叫声传来，紧接着是一个男人大喊救命的声音。

植安奎猛地站起身来，毫不犹豫地向着门外奔去，林沐夏也不敢耽搁，跟了过去。

那不是夏薇薇和达文西的声音吗？

出了什么事？

植安奎几乎是想都没想，直接往夏薇薇房间的门撞上去，他几乎用尽全部力气，门却丝毫不动，最后他干脆驱动魔法，隐了身形潜入室内。林沐夏却站在门外愣了神，这才想起他口袋里有备用房卡，刷卡开门走了进去。

"你是谁？怎么会藏在我的箱子里？！是谁派你来的？快说！"达文西惊恐地拿着一个大扫把对准屋子里身穿黑色长衫的英俊少年。他黑色的衣服已经洗得发白，仔细看去，上面竟然有一个黑色的蝴蝶印记。更加奇怪的是，少年泛着冷光的脸上没有一丝表情，略显单薄的身体，看起来与这个世界似乎有点格格不入。少年的手背上隐约可以看见一个黑色文身。他一直垂着眼睑，面对达文西的质问，他竟然一动不动，而且跟吓得两腿发抖的达文西比起来，少年显得更加镇静淡定。

"大魔王，沐！他……"夏薇薇跳过满地的衣服，一连喊了两个人的名字，慌张地奔到他们身边，她手心里的蔷薇手杖泛着暗红的光华，似乎随时等待出击。

"达文西，怎么回事？"植安奎暗暗驱动魔法红宝石，他灼灼的目光扫过面前的陌生少年。从少年的身上，他竟然感觉不到人的气息……目前还不知对方是敌是友。

"他这个混蛋，不知道什么时候偷偷钻到了我的箱子里，还偷走了我珍藏的所有衣服，其中包括我要送给夏薇薇的公主风蕾丝长裙，那是我专门邀请法国著名设计师亲手打造的……"达文西说得声泪俱下。

"捡重点的说！"植安奎十分郁闷地打断他的话，他心里十分懊恼，面对眼前的少年，他竟然无法甄别他的身份，这简直太诡异了。

"好！"达文西一步跳出很远，声音发颤道，"我打开箱子……他……他……就从我的箱子里钻出来了！呜……吓死我了，还把夏薇薇吓了一大跳！"

黑衣少年轻叹了一口气，原来人类这么麻烦，说一句话都要结巴半天。狄奥多西未免也太小气了，自己原本预定的地点是入住圣达瓦大酒店，并且悄悄地跟踪夏薇薇一行人，伺机取出夏薇薇的心，没有想到狄奥多西为了省下一笔住宿费用，竟然把自己塞到了一个大箱子里……自己从箱子里爬出来的时候，心里也有点恐惧……

黑衣少年突然转过身，借助室内的水晶灯，夏薇薇注意到这个少年的眼睛是泛着紫光的，这种瞳孔真的很少见，而且他略显清秀的脸上，目光却有几分疏离和冰冷。他处变不惊地环视屋子里所有人的脸，目光突然在夏薇薇的脸上停住，灿紫的眸子里闪过一丝光亮，只是一瞬就黯淡下去，接着他一步一步向着门口走去，用不大的声音缓缓道："我走错房间了。"

"就这样算了？我的衣服呢？你给我还回来！"达文西不甘心地大叫。

夏薇薇猛地吸了一口凉气，刚刚少年的目光对上她的时候，她感觉好像被冻住了一般寒冷，那种发自心底的不寒而栗，让她觉得恐惧。

"咦……怎么回事？"达文西疑惑地摸摸后脑勺，他刚刚明明抓到了那个少年的衣衫，怎么一晃眼，那少年就消失不见了呢？

"植……植安奎大魔术师，你怎么不变一个魔术把他绑起来？他可是偷了我不少衣服啊！"达文西缓过神来，望着若有所思的植安奎抱怨。

"我们目前对付不了他。"植安奎呼出一口气，深邃凝重的目光扫过撒了一地的衣服，眼底暗流涌动。

"没有要你对付他，把我的衣服要回来就好了。"达文西没有想到植安奎一张口就说这么吓人的话，只好吐吐舌头，小声嘀咕。

"你是说……那个少年是……鬼族的人？"林沐夏似乎明白了什么，

不可置信地望着面色沉重的植安奎。怪不得刚刚那个少年路过的时候，他感到一阵不祥的寒意。

"我暂时还不能确定，但是他绝对游离在人界之外，他不属于我们在场的任何人中的一员，我们要小心提防他。"植安奎注视着面色苍白的夏薇薇，心头忽然一动：难道说那个鬼族的少年是奔着夏薇薇来的？

"大家不要吓唬自己了，我觉得他就是一个普通的男孩子，偷偷钻到达文西的箱子里吓唬他，要不然就是他没钱买机票，所以跟着行李箱一起飞到这里，事情就是这么简单。"夏薇薇的脸上突然绽放了一抹轻松的笑容，她的大眼睛清澈无比，脸上的小酒窝若隐若现，弯下腰帮达文西整理衣服。

"怪不得他穿得那么奇怪，好像是几十年前的人穿的衣服，一点都不时髦，见我的衣服时尚，就打了这个箱子的主意……"达文西努努嘴，突然他的眼睛亮了起来，抱起一件黑色的 LV 修身长裙，又蹦又跳地叫着，"这个可是我珍藏了十几年的女装啊，竟然没有丢……"

植安奎和林沐夏交换了一个眼神，暗地里的敌人就在附近，他们可不能像达文西一样只长年龄不长心眼，一定要保持警惕。

夜风卷起卧室里厚重层叠的窗帘，累了一天的夏薇薇呼吸安静平稳，睡得正沉。

原本关得严丝合缝的门"嗒"的一声自动开了，一股黑烟透过缝隙涌了进来。皎白的月光下，一位黑衣少年的影子逐渐浮现，他那冰冷不带表情的脸是那般神色严肃。他缓缓地向着夏薇薇的床边走去……

睡在夏薇薇隔壁房间的达文西翻来覆去无法成眠，今天箱子里突然冒出的黑衣少年其实让他心神不安，而且植安奎还说那少年是鬼族。他长几十岁从来没听说过有这么一个玄乎的族类，总觉得自己沾染了不少晦气，才招来了那些不祥的东西。

对了，那么美好纯真的夏薇薇，鬼族的人应该不会找她麻烦吧？

达文西想到这里，顿时浑身来了劲，他裹紧睡袍，还是有些底气不足，又从小皮箱里掏出轩尼诗酒，咕咚咕咚地喝了几口，这才大步向着门外走去。

咦……达文西立刻警觉起来，夏薇薇卧室的门竟然没有上锁，一个女孩子睡觉也太不小心了，万一遇到色狼什么的……达文西刚刚想要走过去帮她关上门，突然，一道蔷薇色的暗红光芒隐约透了出来……达文西的心咯噔了一下，他丝毫不敢放松，弯下腰往房内看去。

房间里的月光变成了冷蓝，夏薇薇的大床上竟然匍匐着一个人！暗红的光泽照在那人的脸上，更加显得阴森可怖，那个人的手置于半空中，在夏薇薇的胸口处轻轻地打着旋。他不断地抬高手臂，又放下手臂，似乎在拉扯什么东西，氤氲的暗红光芒正是从夏薇薇身体里发出来的！

混蛋！色狼！

达文西气得满眼火星直冒，他什么都不管不顾，直冲进夏薇薇的房间！

"咚"的一声，伴随着板凳倒地的声音，达文西的膝盖处传来一阵剧痛，他重心不稳猛地栽倒在地上，整个人痛得直哼哼。

"啊——"夏薇薇的尖叫声打破了深夜的寂静。

"是我是我……"达文西又痛又怕，用力支起身子想要爬起来，可是他的后背不知道被谁狠狠地踩了一脚，又趴了下去，这下子门牙跟地面磕了个正着，痛得他连喊的力气都没有了。

"啪啪"几声，房间里顿时灯火通明。林沐夏穿着睡袍赶了过来，他打开灯后就看见摔成八爪鱼的达文西。

"达文西？你来我房间做什么？"夏薇薇惊魂未定，疑惑地望着达文西。

"有一个人想要欺负你……他……他在你的身上做手脚！"达文西好不容易才站起身来，结结巴巴地向夏薇薇解释。可是他刚刚往前走了几步，脑子就晕了起来，眼睛里全是星星，他跌跌撞撞地走到林沐夏面前，用伸不直的手指指着林沐夏大声问道:"那个色狼是不是你?"

"达文西,你喝酒了……"林沐夏捏住鼻子,别过头去,俊秀的眉顿时拧在了一起。

"对呀,为了壮胆,我喝了一点点……酒……"达文西的话还没有说完就"哪"的一声倒地睡着了。

"你没事吧?"林沐夏蹲下身来望着倒地呼呼大睡的达文西,正准备扶他起来,走廊里突然响起了一阵急促的脚步声。植安奎穿着黑色的魔法袍出现在夏薇薇的卧室门口,他甚至都没有看一眼林沐夏和达文西,直接跳到夏薇薇床前,抓着她的手从上到下地细细打量她。

"怎么了?"夏薇薇迷迷糊糊地望着神色紧张的植安奎,注意到他紧握住自己的手,有些害羞却又不敢抽出来。

"你没事就好了。"植安奎这才收回目光,往门口走去。

"植安奎,你根本就没睡觉?"林沐夏突然拉住他,望着墙上敲响凌晨两点的挂钟,问他。

"那个黑衣少年叫作野栗恩,他在酒店附近徘徊,我去追他,结果追了大半夜,到头来竟然只看见了一件假皮囊,于是立刻赶回来了,幸好大家都没事。"植安奎舒了一口气,英俊的脸上略带一丝疲惫,他注意到躺在地上的达文西,狐疑地望着林沐夏。

"达文西说他看见有人要欺负夏薇薇,不过他喝了很多酒……"林沐夏垂眸思索。

"糟糕!调虎离山之计,幸好达文西路过,要不然还真的不知道要发生什么……"植安奎漆黑的瞳孔猛地盯住呆坐在床上的夏薇薇,他的心狂跳起来,野栗恩到底要干什么?那个鬼族少年敢在他的窗前刻下"野栗恩"这个名字,这应该正是少年的名字没错了——少年到底是想透露出什么信息呢?

林沐夏负责把达文西送回到他的房间里去,植安奎留在了夏薇薇的卧室里守着她。她很不自在,自己明明就好好的,大家却疑神疑鬼,再说虽然她生病了以后魔法能力有所减退，可是也不见得无法防身……想到这里她有些生气，更加睡不着了，于是干脆下床来，趴到窗边抬头看满天繁星。

一对翩然闪动的翅膀吸引了她的注意力，她定睛望过去，竟然是一只黑色的蝴蝶……好美！

"是谁不小心把你关在了屋子里呢？现在飞出去会不会冷？我给你留个缝……"夏薇薇一边小声说话，一边用力推开厚重的双层玻璃窗，刚刚开了一条缝，黑蝴蝶就扑扇着翅膀往夜空飞去。

"等一下！"植安奎听到夏薇薇的自言自语，连忙赶了过来，远远的，他只看见一股黑色的雾气消失在无边的夜色里。

"大魔王，你不要总是疑神疑鬼，那不过是一只小蝴蝶罢了。"夏薇薇不满地看了他一眼，赌气地躺在床上不理植安奎。

真的希望它只是一只蝴蝶……植安奎不动声色地关上窗户，他漆黑的双瞳掠过一丝担忧，凝神望着裹在床上的小小身影，无论如何，他会尽力守护着她。

守护无关宿命，却早已变成了一种习惯……

第4章
东海神话

 章鱼小爱

 东海深鲛之初现

【出场人物】
夏薇薇，植安奎，达文西，林沐夏，
野栗恩，龟大人，大章鱼，小爱殿下

【特别道具】
粉色鲛绡

章鱼小爱

  天气出奇晴朗,大家离开酒店,来到湛蓝安静的东海边。只见岸边的白沙滩蔓延到远方,十分耀眼。林沐夏终于辞别比尔,他谢绝了比尔在后方提供援助,选择跟大家一起冒险。
  每个人都含了一颗水粒子,互相鼓励地望了彼此一眼,谁都不知道东海海底将会有什么样的凶险等着他们。
  清凉的海水冒着透明的气泡,夏薇薇一行人保持相同的速度往下潜水,柔软的身体像鱼一样。大群色彩斑斓的海底鱼群不断从他们身旁游过去,红似火的珊瑚布满海底。一只长着触角的透明生物软软地游到夏薇薇面前,她不由得惊喜交加,没有想到原本很怕人类的海底生物竟然这么友好。她刚刚想伸手去摸它,手指却被植安奎抓住了,他浓黑的眉皱起,对着夏薇薇摇摇头。
  夏薇薇只好无限遗憾地眼睁睁地看着面前透明美丽的小生物消失在海底深处。

夏薇薇觉得海底的水温越来越低，四周的光线也越来越暗，虽然口中有水粒子，但是无法用鼻孔呼吸还是有些不适应。

突然，一片绿莹莹的光辉呈螺旋状缓缓荡漾开来，边上隐约泛着丝丝紫色光芒，涌动的暗流在水中荡漾，柔美极了。无数只海底鱼闪着浅蓝色的肚皮，在螺旋光波里翻滚、旋转……像是一个个动人的乐符……

夏薇薇忍不住张开嘴，咸涩的海水就咽到了肚子里，她连忙捂住嘴巴。植安奎似乎感觉到她的不适，潜到她身边，用一只手臂托起她的身体，光影下，他漆黑的眸子里全是碧蓝的光辉，神情跟夏薇薇一样诧异。

"虽然这些东西很美，但是不要碰，就像刚刚的那一只水母，它看似纯洁无瑕，可身上却深藏剧毒。"植安奎的声音在夏薇薇的脑海中响起。

"我可以听到你说话……"夏薇薇扬起头震惊地看着他，他的嘴唇没有动，而且水底也没有办法说话，可是她却真真切切地听到了他叮咛的声音。

"是心的小宇宙，当你想要交流的愿望足够强烈，对方就可以听到自己的话。"植安奎注视着前方的目光格外锐利，可是他的声音温柔又清晰。

"呜……咕……"达文西也游了过来，他注意到前方唯美的海底幻境，惊得张大嘴，白色的气泡汩汩地冒出来。他顿时呜呜哇哇地喝了不少海水，身子僵直地往下坠。林沐夏猝不及防，还没有来得及欣赏美景，就伸手去拉达文西，不想两人一起往下坠去。

夏薇薇吓了一大跳，手里的蔷薇魔杖还没有凝结出来，她的眼前就闪过一道灿紫流光，无比耀眼的光辉一直蔓延到达文西和林沐夏身旁，幻化成七彩的绳索将他们拉了回来。林沐夏和达文西这才惊魂甫定地拍拍胸脯。

夏薇薇仰起头，望着一脸严肃的植安奎。这么多没有魔力的人都靠植安奎一个人照顾，他受得了吗？她心里顿时紧张起来，暗想：无论如何要小心谨慎，少给大魔王找麻烦。

"既然你有不给我找麻烦的觉悟，现在就不要胡思乱想！"植安奎的声音突然传到夏薇薇脑海中。

她的脸顿时一阵绯红燥热，原来植安奎竟然可以听到她的心里话，真是让人难为情。

"啊——"夏薇薇还没有反应过来，一道紫色的强光猛地撞击在她的胸口，刺痛在全身蔓延开来，痛得她腿脚痉挛。幸好植安奎紧紧抓着她，她才没有沉下去。

"被攻击了！大家小心！"植安奎用意念大声叫道。

几乎是与此同时，所有的人都在脑海中听到了他的声音，纷纷紧张起来。

敏捷的达文西几乎是用最快的狗刨式躲在了植安奎的身后。

四周嗡嗡嗡地响了起来，原本美丽的海底生物突然冒出许多水泡，水中响起了婴儿哭叫似的声音，海水轰隆隆地翻滚起来，碧绿剔透的海底突然变得暗沉！

"那个水母……"夏薇薇注意到刚刚浮到她面前的透明生物突然伸长了几个触角，旋转着向她靠过来，圆圆的顶帽下，竟然有一双碧蓝的眼睛狠狠地盯着她。

"蔷薇魔杖！"夏薇薇在心底默默驱动着魔法棒，一朵紫色蔷薇花迅速飞过去击破了变异的水母。

植安奎与夏薇薇对视了一下，两人迅速背靠背贴在一起，植安奎戴在胸前的红宝石闪着逼人的光芒。

蔷薇花枯萎的时候，悲剧又要重演……蔷薇花枯萎的时候，悲剧又要重演……

哀婉幽怨的歌声突然在海底响起，歌声很独特，仿佛是天外之人的浅吟低唱，神秘又缥缈。

一道绚丽的蓝色水波绽放开来，海底形成了一个玉石罗盘，无数只各色各样的大海螺摆成了奇怪的圆环，歌声正是从海螺里发出来的，不断地重复，声音也更加哀伤……

"小心！"夏薇薇只听见达文西一声嘶喊，左肩膀被人猛地往前推去，她震惊地注意到一根红色的尖刺朝着她的脖子刺了过来，顿时吓出一身冷汗。

"我从来没见过这么大的海虾！呜……"达文西的声音直颤，原来那根红刺正是海虾头上的犄角。海虾见没有命中夏薇薇，猛地一弹身子，挺着尖刺直奔达文西而去。

植安奎刚刚想要游过去救达文西，突然一条露出猩红尖牙的大白鲨拦住了植安奎的去路，它的速度十分惊人，身体庞大动作却异常灵活。

"这样子可以吧！"林沐夏不知从哪里捡了一根粗壮的珊瑚，对着海虾的头猛敲一下，大海虾的两只灯泡似的眼睛晕晕地转了几圈，身子渐渐往下沉……

达文西这才大力抱住林沐夏的身体，两人总算松了一口气。

植安奎屏住呼吸，连连躲过几次鲨鱼的噬咬，他猛地退后几步，凝神望着前方来势汹汹的怪物，扬起手臂对着鲨鱼头猛地劈去，只听到一声哀号，顿时海水变成了一片血红。

"蔷薇魔杖！"植安奎的身后响起了夏薇薇的高声怒喝，一片紫色光辉闪过，夏薇薇击伤了一只从背后偷袭植安奎的大鲨鱼。

"不好了！血引来了越来越多的鲨鱼！怎么办？我们都会被吃掉的！"达文西手足无措地拍打着面前的血色海水，焦急地警告大家。

"大家稳住心跳，鲨鱼就不会发现我们！"林沐夏挥舞着手里的珊瑚，连忙劝说大家。他记得海底潜水的时候只要保持好良好的心态，哪怕遇到鲨鱼它也不会攻击你；但如果心跳太快，就会被鲨鱼发现。

"要不停地战斗，怎么可能稳住呼吸！"夏薇薇咬紧牙关，累得气喘吁吁。她的敌人太多，巨大的红壳螃蟹，透明的小虾，它们不断地偷袭叮咬，让人躲闪不及，暗红色的红鱼不断地发射尾巴上的毒刺，还有许多叫不出名字的发光鱼，一个个长得奇丑无比……夏薇薇简直叫苦不迭。

植安奎被一群大白鲨围着，海水汹涌沸腾，暗红的血光不断蔓延开来。

突然，他注意到了海底珊瑚礁上的大海螺，那些海底生物似乎是被歌声吸引，才不断发起进攻的，现在连胆子特别小的小丑鱼都过来进攻了!他的瞳孔锁定海螺群里最大的蓝色海螺,虽然略带哀婉的歌声不断回旋,每一只海螺以最精巧的角度摆放,歌声绵延不绝地传递下去,然而最初的声源却在那里!植安奎不再犹豫,猛地下潜到海螺之上,他用力推出红宝石,紫光瞬间迸射……

突然,植安奎注意到一抹暗黑的影子倏地扫过他身旁,一条来势汹汹的大白鲨被切成了两半。然而,他还没有看清楚来者是何人,一片浓黑的墨汁从四面八方席卷而来,植安奎的视线顿时陷入一片黑暗之中,什么都看不见了。

是墨鱼喷的墨汁……完全挡住了大家的视线!

"你们到底是什么人?我们是来拜访章鱼小姐的!而且我们一点恶意都没有!"林沐夏大声叫嚷着,他虽然不知道最美的章鱼的身份,但是尊称"小姐"是绝对没有问题的。达文西紧紧跟着他,对着一片黑暗胆战心惊。

黑暗中没有回应,却可以听见海底生物被砍杀死亡的哀号声……突然,水波滚动……

"我们这里没有章鱼小姐,墨要散了,大家快撤!"一个阴阳怪气的声音喘息着,在海底响起,接着是哗啦啦的流水声,扑腾着越来越远。

等到黑墨散去,夏薇薇才剧烈地咳嗽起来,她掩着嘴角以免水粒子被吐出来,骇然发现刚刚乱成一团的战场,现在看起来竟然平静无波,还有那群虾兵蟹将全部消失了,海底安静得仿佛什么都没有发生过。

海底原本围成一圈的大海螺也不见了踪影!

大家都暗自纳闷,仿佛刚刚做的是一个梦。这时达文西又忍不住尖叫起来,他的手指被一只红色的小螃蟹狠狠夹着,怎么都甩不掉。林沐夏过去帮忙,小螃蟹这才意识到自己形单影只,横着身子迅速逃到了珊瑚林里。

"他们拿走了你们的水晶球。"彩色珊瑚的背后突然走出一个黑色的影子,野栗恩依旧一脸冷漠,他处变不惊地望着植安奎,眸子里淡静无波。

"你怎么又来了!你是野……什么来着,我就知道你没安好心。"达文西气呼呼地游到黑衣少年身边,他对野栗恩心有余悸,而且对他总有一种排斥感。

"突然，野栗恩猛地一眨黑瞳，达文西仿佛被一阵强电穿过身体一般手脚痉挛，根本无法靠近他。

"如果你们想顺利走出黑沙漠的话，就抓紧时间寻回水晶球，我不想与你们废话。"野栗恩睥睨的目光扫过众人，转身向着海底潜去。

"你们怎么就由着他来去？他对夏薇薇图谋不轨，那天晚上欺负夏薇薇的人就是他！"达文西扭麻花一般地摆动着手脚，他被野栗恩的一眼看得有点灵魂出窍，浑身忍不住痉挛。

"他确实是鬼族的人，所以刚刚黑墨中我们什么都看不清楚，只有他可以来去自如。"林沐夏肚子里的百科全书又发生作用了，他从小熟读各类书籍，对世间万物都有了解。

"植安奎大魔术师，你的看法呢？"达文西从心底比较信任行事果断身手敏捷的植安奎。

植安奎没有说话，他那注视着茫茫海水的黑瞳中波涛暗涌。如果野栗恩想要伤害他们，为什么刚刚他会突然出现帮忙杀掉一条鲨鱼呢？而且刚刚的黑暗时刻，正是海底生物可以趁乱对他们下手的好时机，偏偏他们侥幸逃脱，而且没有一个人受伤……很明显是野栗恩暗地里帮了他们。

"达文西，野栗恩虽然穿着黑衣服，但是他肩膀不断出血，把海水都给染红了，肯定是刚刚为了救我们才受伤的。我想上次你是不是看错了？他似乎想要帮助我们。"夏薇薇费解地望着植安奎凝神苦思的侧脸，他的想法她多少可以感应到，而且她更加愿意相信野栗恩是个好人。

"你们都不相信我！呜……夏薇薇你也不相信我……我好难过。"达文西的手脚总算恢复正常，他开始耍赖，在原地转着圈圈。

"我相信你。"林沐夏没有办法，只好拉住他的衣服柔声安慰他。

"果然，真理往往掌握在少数人手里。"达文西这才高兴起来。

"不过，他们为什么要拿走水晶球呢？"林沐夏不由得一阵疑惑，他把手伸入随身携带的防水挎包里，里面的东西一样都不少，但水晶球真的不见了。

"你们是夏薇薇公主的人吗？"大海的水波突然荡漾起来，苍老的吆喝声响起，一团五颜六色的章鱼大军在一只老海龟的带领下向着他们缓缓游了过来。奇怪的是，原本在水底悠然游动的小鱼们一见到这支章鱼大军，立刻乖乖地让道，藏到礁石缝隙里，只探出小脑袋往外看。

"呕……好恶心的动物……"达文西望着前面一堆的八爪软体动物蠕动过来，再也忍不住干呕起来。

"别这样。"林沐夏连忙捂住达文西的嘴巴，对着马上变了脸色的海龟赔笑。

"我是夏薇薇，他们是我的朋友，我们是来拜访世界上最美丽的章鱼小姐的。"夏薇薇站出来挡在达文西面前，郑重其事地回答。她还不能承认自己是"彩虹之穹"的小公主的身份，这次冒险之行，国王爸爸要求她对自己身份保密。

"哼，你的朋友真是不像话，竟然露出一脸嫌弃的表情！"大海龟很不高兴地摇摇爪子，它身后的章鱼大军也像受了奇耻大辱一般，跟着浑身颤抖，八只长长的触角绷紧，好像随时准备出击，"不过你们既然是小爱殿下请来的客人，那么就跟我来吧。"

它们还都是一群心高气傲的章鱼啊！

夏薇薇叹了一口气，不过她转念一想，难道说那个小爱殿下就是世界上最美的章鱼？她的大眼睛顿时闪亮起来。

"你们先在这里等我们，我跟夏薇薇去看看情况，一个时辰之内我们还没有回来，你们就原路返回岸上。至于野栗恩，如果你们看到他来，不招惹他就可以了。"植安奎用锐利的目光扫视着林沐夏和达文西。他俩都听见了他的叮嘱，连连点头。

大海龟一行心高气傲，它们自然不会偷听，况且是植安奎意念里的话，它们更加听不到了。

夏薇薇和植安奎这才跟着浩浩荡荡的章鱼队伍，向着前方无边的海水游去。

东海深鲛之初现

一行人越往深处游,海水就越暗沉。渐渐地,他们到了一片乱石堆积的地方,前面黑黢黢的什么都看不到。一条软绵绵的海草钩住了夏薇薇的脚腕,她吓了一跳,扭头看去,只见到一片淡蓝色的鱼鳍从岩石边消失。

"前面还有路吗?"植安奎狐疑地注视着周边黑暗的环境,前方一块黑色的巨石挡在眼前,再往前行的话怕要撞着头了。

"请尊称我龟大人!"大海龟不满地瞪了一眼植安奎,伸长脖子继续往前游。它看起来已经很老了,游泳的速度十分缓慢,估计撞到石头上也不会受伤。

"龟大人,小爱殿下找我们有什么事情?"植安奎咬咬嘴唇,他心里格外焦急,偏偏遇到一只说话办事都慢腾腾的大海龟。

"土包子!"大海龟嘟囔了一句,接着迅速摇着短尾巴,四肢加速,迅速向着前方的黑石撞去。

夏薇薇大惊失色，想要拉住它，不想一道银色的光闪过，大海龟的身体顿时消失在黑石里面。

"快来！这里是海底结界！"植安奎立刻明白了黑石的奥妙，他一手拉住夏薇薇，另一只手拉住大海龟即将消失的尾巴。夏薇薇只觉得胸口的压力顿时减轻，一道灿烂的白光映入眼帘，她诧异地望过去，猛然发现，这里竟然有一个独立空间，空气清新极了，虽然没有阳光，但是晶亮美丽的水晶折射的光辉已经够美了！她的身体完全脱离黑石，脚踏在坚硬结实的地面上，鼻孔呼吸着氧气，浑身上下一阵轻松。

"讨厌！"海龟扭扭屁股气呼呼地甩掉植安奎的手，它瞪着植安奎叫嚷着，"好好在这里待着，没有我的通知，不能进去打搅小爱殿下！"

夏薇薇和植安奎乖乖地点点头。

"大魔王！"夏薇薇叫了一声。她澄澈的眸子打量着四周美丽的景致，只见赭色的石堆中，碧绿的泉水叮咚鸣响，泉水旁长了一圈黄百合，十分漂亮。

植安奎听见夏薇薇叫他，别过脸看着她，等着她说话。

"没什么，只是想重新体验下可以开口说话的感觉！啊，这种感觉真棒，我们还是适合在陆地上生存，在水底泡久了真是难受。"夏薇薇眯起眼睛笑了起来，她开心地展开双臂，对着空气做了一个大大的拥抱。

植安奎白了她一眼，只有她才能在任何情况下都能保持着放松的心态！不过经夏薇薇这么一说，他也有种舒适感。

"小爱殿下让你们进来！"站在门口的是一位白须白发的老爷爷，不过他背上的大龟壳却十分显眼，压弯了他的后背，看起来有点滑稽。夏薇薇忽然明白这个人就是那个大海龟幻化成人形时候的模样了，最最明显的是他那种慢腾腾又不耐烦的语气一点都没变。

植安奎和夏薇薇跟着龟大人走进一间小屋子里。刚一进门，一阵沁人心脾的玫瑰花香就扑面而来，在那沉重的珊瑚礁石门之后，屋子里竟然是温暖的粉红色，小屋的穹顶上挂着一盏金质的水晶灯，灯里游动着许多晶亮的小鱼，它们身上散发出五颜六色的光芒，竟然也不怕人。木质的小床上铺着粉色的床单和缀满蕾丝花边的床罩，奇怪的是，那些料子看起来格外顺滑轻盈，仿佛会呼吸一般微微颤抖。床前的小桌子上摆着各式各样的小贝壳，还有一些可爱的五角形海星。软软的摇摇椅上坐着一个精致的女娃娃玩具，不过她身上的衣服看起来有点怪怪的……带着大海味道的风吹进小屋，把缀满粉色小花的纱料窗帘吹得层层叠叠，煞是好看。

夏薇薇几乎第一眼就爱上这个温馨的小房间了，她情不自禁地走到窗前，刚刚准备拉开窗帘……

"不许动我们小爱殿下的东西！"龟大人皱紧眉头，他顺手抓起一只海螺，猛地向夏薇薇的手背掷去。

夏薇薇吃痛缩回手，委屈地瞪着龟大人："有话不能好好说吗？为什么老是动手，很痛的！可怜了这只小海螺。"她弯下腰把海螺捧在手里，可是还没有捂热，植安奎却猛地一推把海螺掷在地上，他漆黑的眼睛盯着夏薇薇，压低声音提醒："这只海螺颜色鲜艳，小心有毒。"

夏薇薇惊得吐吐舌头，只好乖乖地站在一旁不再说话。

"你们好。"伴随着"吧唧吧唧"的节奏，一阵苍老却很友善的声音从门外传来。

"啊，大人，您来了！"龟大人听到声音后猛地伸长脖子，他用最快的速度奔到门口，等到他再次出现的时候，他挽着一只几乎有五米多高的褐色章鱼走了进来。

窄小的石门并没有难倒大章鱼，它一点一点地往屋子里挤，直到身体全部进入屋子的时候才气喘吁吁地靠在软椅上。它漏斗一样的嘴巴半张着，不断有液体从它的爪子里冒出来，黏黏的，看着有点恶心。

夏薇薇盯着龟大人讨好大章鱼的表情，心想这哪里是世界上最美丽的章鱼……可是她敢怒不敢言，只好憋在心里。

"呼……"大章鱼长长地呼出一口气，它眯起眼睛，一只触手接过龟大人给它准备好的烟斗，优哉游哉地喷烟吐雾，半晌，它才慢悠悠地问："你们找我有什么事情吗？"

"我们想知道人间蔷薇花不断枯萎的原因，以及如何避免预言中即将到来的灾难。"植安奎走到大章鱼面前，毕恭毕敬地说。

"这个……"大章鱼用一只爪子搔搔扁扁的脑门，似乎在苦思冥想，突然它孔状的嘴巴发出"嚯嚯嚯"的声音，然后八只爪子全部翘起来在半空中摇动起来。

植安奎完全不懂大章鱼要干什么，却又不敢怠慢，他看了一眼夏薇薇，只见夏薇薇皱着眉头呆呆地盯着大章鱼，清澈的眸子里写满了问号，心想她也不明白大章鱼的用意，只好低下头重复道："请大人赐教。"

"哈哈哈哈……"龟大人突然大笑起来，他眉上的白胡子翘起来，冲着夏薇薇和植安奎挤眉弄眼，似乎在暗示什么。

这个时候大章鱼发出的"嚯嚯嚯"的声音更大了，跟龟大人的笑声此起彼伏，绵延不绝。

夏薇薇突然明白了，这只大章鱼肯定是在笑！

她立刻跳到植安奎身边，用力扯着他的袖子小声提醒："大章鱼要我们陪着它一起笑。"夏薇薇说完，哈哈大笑起来。植安奎只觉得莫名其妙浑身别扭，但是见大家笑得"开心"，只好咧开嘴笑起来，脸上的表情却十分古怪。

"你们很聪明！"大章鱼突然发话，说完又吸了一口烟斗，"要想知道消除蔷薇劫难的方法其实并不难，不过事前你们要接受一个挑战。"

植安奎把大章鱼的话认真品味了一番，既然是要获知答案，那么必然是要付出代价的，就算是很危险，他也要试一试。像有心灵感应似的，夏薇薇跟他异口同声地问道："什么挑战？"

"看我的！"大章鱼从椅子上直起身来，它亮晶晶的眼睛盯着夏薇薇和植安奎，"哗"的一声，它突然缩起地面上的六只脚抱在头上，只露出最前方的两只触角，在地上扭动起来，它用苍老的声音唱着："八只脚的章鱼是怎么走路的呢？前面扭一扭，后面扭一扭，一下两下，前面扭一扭，后面扭一扭……"

夏薇薇和植安奎目瞪口呆地望着眼前的巨大章鱼，它这个动作真是搔首弄姿，实在是很不雅观，可是它到底想干什么？

"看清楚了吧？你们的挑战就是模仿我的经典动作！"大章鱼一屁股歪在软椅里，嘴巴里又发出"嚯嚯嚯"的声音，"你们要在表演结束的时候，手拉手对着我说一声：'章鱼大人，接受我们的膜拜吧！您是世界上最美的章鱼！'"

植安奎的脸涨得通红，这只臭章鱼分明是在刁难人嘛！那种动作也太难为情了吧……他做不来，连曾经当过演员的夏薇薇都觉得那些动作实在有些尴尬。老谋深算的章鱼！

"好！"龟大人讨好地鼓鼓掌，他见植安奎和夏薇薇无动于衷的样子，顿时不太高兴，"章鱼大人本来想告诉你们关于解除蔷薇劫难的方法，可是你们竟然连这点小小的挑战都接受不了！实在不行，就放弃吧，不要总是耽误我们章鱼大人的时间。"

植安奎的双拳紧紧地握住，他的脸色越来越红，夏薇薇怕他冲动，连忙拉住他小声说："要不我们先出去？"

"好！跳就跳！不过你一定要兑现承诺！"植安奎终于大声说。

夏薇薇的心立刻松了下来，她难以置信地盯住植安奎，没有想到他为了避免劫难，竟然愿意模仿章鱼动作。按照她的了解，大魔王应该是宁愿世界末日也坚决不要跳那么滑稽的"章鱼舞"的啊。那支舞实在太伤大魔王的自尊心了吧！

"嚯嚯嚯！"大章鱼乐得前俯后仰，大海龟也开心地哈哈大笑起来。

"喂，你准备好了吗？"植安奎的脸像红苹果，他看了一眼夏薇薇，深吸了一口气。

"嗯。"夏薇薇点点头。

"八只脚的章鱼是怎么走路的呢？要前面扭一扭，后面扭一扭，一下两下，前面再扭一扭，后面再扭一扭……"植安奎将手臂抱在胸前，红着脸踮起脚尖很卖力地表演着，一扭一扭的动作煞是可爱。

夏薇薇在后面看着植安奎，突然觉得很搞笑，于是忍不住咯咯笑出了声。大章鱼见夏薇薇笑了，竟然两只触角合在一起"啪啪"鼓起掌来。植安奎顿时羞得满脸通红，他扭过脸瞪夏薇薇，夏薇薇忙低下头憋住笑，可是植安奎刚刚转回身，她就又忍不住要笑……

"章鱼大人，请接受我们的膜拜吧！"植安奎和夏薇薇手拉手，一起拜倒在大章鱼面前，大声说道，"您是天下最美的章鱼！"

"嚯嚯嚯……"大章鱼乐得一颤一颤的，软椅跟着吱嘎吱嘎地响。

"现在你们要献给章鱼大人一个吻，一个左边，一个右边，这也是挑战之一！"大章鱼仍然兴趣不减，探出扁扁的脑袋凑到夏薇薇和植安奎面前。

"啵！"夏薇薇几乎没有犹豫，对着大章鱼鼓鼓的脸蛋就是一个吻，她觉得其实章鱼也是很可爱的，她打心眼里喜欢它！

"不要！"植安奎把涨红的脸扭到一旁，就是不肯吻章鱼。

"吧唧！"两只章鱼触角突然按住植安奎的脑袋，一个出其不意的吻落在了章鱼黏黏的脸上——或者应该说，一张出其不意的脸伸到了植安奎的嘴边。

"唔……啊……救命……"植安奎整个人头发都快竖起来了，他猛地退后，像是受了奇耻大辱一般迅速擦嘴，没有想到人生中的第一个吻竟然被迫给了这只臭章鱼……他望着眼前得意扬扬的大章鱼，恨不得把它痛揍一顿。

"你们在做什么？"突然一声稚嫩的童音在门口响起，一个看起来只有七八岁年纪的小女孩懵懂地站在门口。她穿着一件及膝白色短裙，肩膀上打着可爱的蝴蝶结，精巧可爱的脸颊，一头耀眼的金发，稀疏的刘海下一双泉水般的蓝瞳疑惑地望着大家，赤着的脚丫来回擦着脚面，有点拘谨不安。

"小爱殿下！"大章鱼和龟大人迅速跪倒在地，对着门口的这位金发小女孩行礼。

"嗯？"小女孩懵懵懂懂地应承着，大眼睛四处打量，似乎完全没有搞清楚是怎么回事。

如果对面的小姑娘是小爱殿下，那么这只满口承诺可以给出拯救世界方法的大章鱼又是谁？

"你……不是小爱殿下……呜……你不是世界上最美的章鱼……"植安奎思量了半天，看看门口的小姑娘，又看看跪在地上诚惶诚恐的大章鱼和龟大人，顿心里时明白了七八分，对着地上的大章鱼大声质问，"臭章鱼，你到底是从哪里冒出来的？为什么要耍我们？"

"不许侮辱我的宠物，它是香香的，一点都不臭呢！我就是小爱殿下，我就是世界上最美丽的章鱼！我才要问你是从哪里冒出来的！你这个嘴巴臭臭的坏蛋，给我出去！"金发小姑娘的蓝瞳突然闪耀着炫目的光彩，她在原地踮踮脚，猛地跳起身来，对着没丝毫心理准备的植安奎的脑门就是狠狠一脚。

夏薇薇还没有缓过神来，植安奎的身体已经被小姑娘踢飞出了珊瑚石门外，一点影子都看不见了。

小爱殿下解决完植安奎，湛蓝瞳孔缩紧，盯上了如同泥塑木雕般呆立在原地的夏薇薇。她眯起眼睛，一步一步向着夏薇薇走去……

"呃……那个……这个……"夏薇薇结结巴巴地指着门口，又指指自己，心里百感交集，那只大章鱼是……小爱殿下的宠物……是宠物啊……可是那么厉害的植安奎都被眼前这个小女孩给踢出去了，她该怎么办……呜……

第5章
雨声·魔笛那波

 不洁的灵魂

 美丽的雨声

【出场人物】

达文西，小爱殿下，林沐夏，夏薇薇，
大章鱼，龟大人，植安奎，野栗恩，雨声

【特别道具】

无字天书

不洁的灵魂

"你要对我的小夏薇薇做什么？"

夏薇薇正站在原地不知如何是好，面对七八岁的小姑娘，她真的下不了手，可是又不想被踢出去——正在这时，珊瑚石门突然被打开了，气喘吁吁的达文西闯了进来，可是等他看清楚面前的真正敌人，不由得傻了眼，竟然是一个小姑娘……

"达文西！你怎么来了？"夏薇薇吃惊地望着弯腰喘气的达文西，突然想起植安奎叮嘱过达文西和林沐夏，一个时辰之内如果他们回不来，剩下的人就原路返回海岸，没有想到达文西竟然勇敢地跟了过来，可是却又不见林沐夏来，她不由得问道："林沐夏呢？"

"呼……这是怎么回事？刚刚我和林沐夏见植安奎大魔术师被卡在一个大果冻里，林沐夏正在想办法把他弄出来呢，我以为你有危险，所以就赶了过来，可是……"达文西对着夏薇薇眨眨眼，小声问道，"你们说的敌人不会就是这个小孩吧？"

夏薇薇低下头，算是承认。

"男人？女人？难道说人类还有第三性别？"小爱见到突然闯进来的达文西，湛蓝瞳孔顿时迷茫起来，她歪着头，白净的手指戳着自己肉乎乎的脸颊，好久才不甘心地跳到达文西面前大声问道："你到底是男人还是女人？"

"……男人！"达文西被小爱弄得十分尴尬，他从来没被人这么直接地质问过，但是觉得回避实在太丢脸，于是干脆豁出去大声回答。

"这样子哟。"小爱好像明白了，她撩起裙摆蹲坐在软软的床垫上，粉色的蕾丝床罩似乎有所感应，纷纷荡漾起来，熨帖她的小小身体，"大章鱼，龟大人，不要跪在地上，我知道一定是刚刚的那个讨厌鬼欺负你们了，等下我替你们报仇。"

"是，小爱殿下。"龟大人的白胡子得意地翘起来，他讨好地搀扶起身旁的大章鱼，趾高气扬地从夏薇薇面前走过去，靠墙站着。

夏薇薇心里一阵沮丧，看来这个小爱殿下有点赏罚不分，明明是……她和植安奎被捉弄了……

"臭臭的仙人，你过来！"小爱认真地盯着夏薇薇，稚嫩的声音带着一丝蛮横。

"我？"夏薇薇抬起手指指自己，睁大眼睛狐疑地看看四周，臭臭的仙人？这个称呼好奇怪，应该不是说她吧。

"我们这里除了你是'彩虹之穹'的公主，还有谁是？我说的就是你！"小爱生气地嘟起嘴巴，蓝瞳汪汪地堆满水珠，她粉嫩的小嘴撇了撇，"我早就知道'彩虹之穹'的人爱瞧不起人，包括那个艾普丽，如果不是她，我就不用待在这里，整天见你们这些臭臭的人！"

艾普丽？"彩虹之穹"的圣女？

难道说……这个小爱殿下就是东海幻化出的最纯净的灵物？

夏薇薇猛地一个激灵，也顾不上什么"臭臭的"……立刻走到小爱面前，柔声安慰道："我乍一听没有反应过来，并没有别的意思，请你不要见怪。你可以叫我夏薇薇。"夏薇薇说完友好地向小爱伸出右手。

"不要!虽然你是仙人,但是你身上还是臭臭的!"小爱把头一扭,根本不理夏薇薇。

夏薇薇尴尬地缩回手,她扬起手臂嗅嗅自己,除了一点点海水的味道,其他的都很正常,哪里臭臭的?被小爱这样子讲,真的很难为情……

"小妹妹,夏薇薇比你大,你至少要称她一声姐姐,小孩子不能么没有礼貌。"达文西凑过去好言好语地劝她,脸上堆满了笑容。

"我才不管!"小爱一点都不领情,反倒抱着小胳膊跟达文西斗起气来。

达文西自讨没趣,讪讪地退回到夏薇薇身边,他突然觉得脚下软软的,好像踩到了什么,不由得低头看去。

"嚯——"大章鱼突然浑身颤抖,大声叫了起来。

"呕……"达文西这才意识到脚下踩着大章鱼的触角,刚刚看到它软嗒嗒的脸和乱抖的身子,就忍不住想吐……

"快跟我的宠物道歉!"小爱气得从床上跳下来,一脚踩在达文西的脚上,大眼睛生气地盯着达文西。

"呜……"达文西只感到一阵钻心地痛,他低声呻吟一声,猛地抱住脚,在原地转着圈乱跳起来,没有想到区区八岁的孩子,力气竟然这么大!

"你们……没事吧?"林沐夏突然出现在门口,看到眼前混乱的场面,他澄净淡然的褐色瞳孔里掠过一丝诧异,俊雅的面容上显露出微微的疑惑。

植安奎浑身沾满了透明的"果冻",正弯着腰跟跟跄跄地大口呼吸着,他气恼地扭头看着章鱼小爱。无论如何他都没有想到被踢飞出去以后,外面竟然有十几只章鱼结成一张大网把他接住,然后裹着他硬是把他推到了一块大"果冻"里!奇怪的是,那种东西软绵绵、晃晃荡荡的,进去之后还出不来,如果不是林沐夏用药水把"果冻"化掉,他估计会窒息昏迷的。

"怎么可能没事！快要……痛死了！"达文西痛得哇哇直叫，嚷嚷着对林沐夏抱怨。

"我帮你看看。"林沐夏冷静的脸上没有丝毫埋怨，他弯下腰，皱起秀眉帮达文西看红肿的脚背，然后从挎包里拿出药帮他敷上。

"哥哥，我喜欢你！"脆生生的童音在屋子里响起，原本气嘟嘟的小爱缓缓走到林沐夏身边，小脸红扑扑的，竟然十分害羞，湛蓝的大眼睛水盈盈的满是爱心。

"谢谢你。"林沐夏褐色的眸子里闪过一丝笑意，他扬起手臂温柔地摸摸小爱的脸颊，眉眼弯弯，柔声道，"你很可爱。"

小爱顿时眉开眼笑，小孩子本性暴露无遗，她撩起裙摆在原地转了一圈，这才拉住林沐夏的衣服认真地说："那你可以娶我吗？"

夏薇薇的脸上顿时出现三条黑线，这话也太直接了吧？小爱还是小孩子……为什么这么早熟？达文西听了这话，也停住了蹦跳的脚步，目瞪口呆地盯着小爱。甚至连怒视小爱的植安奎，都诧异不已。

林沐夏显然被小爱惊了一下，不过只是一瞬间，他就微笑起来，对着小爱认真地说："哥哥要去很远很远的地方，而你要在这里慢慢长大，等你长大了我再给你答案好不好？"

小爱垂下头，小手绞着裙边，良久她才抬起头，笑道："哥哥你说好的，一定不能忘记哟！"

夏薇薇顿时松了一口气，她没有想到林沐夏竟然这么受欢迎，之前是雅维诺，现在又是小爱，不知道以后还会遇到什么事情呢！

"喔喔喔……"站在墙角的大章鱼突然发出低沉哀婉的声音，八只触角全部挡在眼睛上，软软的身体颤抖着。龟大人悄悄地走到林沐夏身边，伸长脖子往他敞开的挎包里看去。

"章鱼宝贝你不要难过，我还是最疼你的。"小爱迅速靠在大章鱼身上，调皮地蹭蹭它，大章鱼这才把触角放下来，搭在小爱的肩膀上。

"说正事！"植安奎再也忍不住了，他抹了一把脸上黏黏的"果冻"，气急败坏地环视了大家一圈，"既然你是小爱殿下，那么请问，破解蔷薇劫难的方法是什么？"植安奎直奔主题，他很清楚时间有多么宝贵，夏薇薇的身体随时有可能崩溃。

"臭臭的人，我不要跟你讲话！"小爱没理他，继续一脸花痴地看着林沐夏。

到底是谁臭啊！

植安奎快要疯掉了，他真的很讨厌这个外号。

"小爱，告诉我们好吗？还有，植安奎哥哥也是好人，他……一点都不臭的。"林沐夏摸摸小爱金色的头发，眸子颤了一下，觉得有点尴尬。

"他和她！"小爱的手指向夏薇薇和植安奎，一字一顿地说道，"他们的身体里面有世界上最不干净的东西，所以会不断发出臭味。这些你们闻不到，但是我只要看一眼就明白了，而哥哥你才是最完美的。"

植安奎不由得警觉起来，难道说小爱可以看透他们被污染的灵魂和心脏？他突然想起东海最澄净的灵物的传说，连忙掏出藏在胸口的小册子，最下面的几行字隐隐泛着光芒：

　　章鱼小爱看到了夏薇薇公主和她的守护者植安奎魔法师，可悲的是他们的灵魂都是不洁的……

植安奎颓然合上小册子，他看了一眼浑然不觉的夏薇薇，黑瞳闪过一丝哀伤，该怎么除去灵魂上的污浊……他的……还有夏薇薇身上的……

"小妹妹你怎么可以胡言乱语！"达文西这下更不愿意了，他走到小爱面前理论。

"我问你们，解决蔷薇劫难和净化自己的灵魂，只能选择一个的话，你们选哪一个？我看得到世界即将面临的一次大混乱，但是却看不清你们何时才能把身体里的不祥物质祛除，所以想问问你们。"小爱像个大人一般认真地望着夏薇薇和植安奎，她的眼睛突然变成一片混沌，湛蓝的瞳孔失去了聚焦，周围的气流骤然加强，屋子里的床单、小装饰物逐渐飘荡起来，在半空中不断游移，连夏薇薇都觉得自己要飞起来了。

心口痛是因为有不祥之物吗？怪不得……夏薇薇不由得叹息，还有植安奎，他的灵魂也是不洁的……因为选择了成为"公主的守护者"，植安奎的二分之一灵魂曾经被锁起来过；而为了帮他寻找回那一半灵魂，夏薇薇这个魔法少女不惜冒险，心口被扎进了"不祥之物"……为什么上天会给他们开这样的玩笑……这种问题根本就不需要选择，为了净化自己的灵魂，却让世界陷入混乱……这不是她想要的，可是为什么小爱看不到他们灵魂被拯救的未来，难道说……他们会在灵魂被拯救之前就死掉吗？想到这里，她的心骤然疼痛，然而，选择的天平还是在避免蔷薇劫难的一端加重了砝码。

但是植安奎呢，他会怎么选？

夏薇薇忍不住去看植安奎，植安奎也抬头看她，四目相对的瞬间，夏薇薇只觉得一阵心痛，植安奎的黑眸那么深邃，似乎有着无尽的无奈和痛苦……

"快讲！"小爱的额头上渗出大滴大滴的汗水，整个人剧烈颤抖着，空气中原本稳稳浮动的物体胡乱扭曲着，似乎极为不安。

"你们快说，小爱殿下在通灵你们的命运，这很消耗体力的！"龟大人急得直跳脚。

"拯救夏薇薇的灵魂！"植安奎咬着牙说道，他的心不断权衡利弊，比起拯救世界，守护夏薇薇似乎更为重要一些。

"避免蔷薇劫难！"夏薇薇看着脸色苍白的小爱，几乎是脱口而出，与此同时她听到了与自己截然相反的答案，不由得愣住神，她以为，植安奎会毫不犹豫地选择避免蔷薇劫难……她甚至还在为没有说出拯救植安奎的灵魂这种话感到自责……她心底突然一阵欣慰，植安奎无论何时都是记挂着她的，一抹感激的笑容浮现在夏薇薇脸上，她微微一笑，对着小爱一字一句地说:"因为植安奎选择了我,而我却要真诚地请求——现在我要放弃他给我的机会,我们还是选择获知避免蔷薇劫难的方法!"

植安奎有些诧异地盯着夏薇薇,她为什么这么倔强?可是当他看见夏薇薇脸上释然的笑容,心里突然会意:如果为了一己私欲活下来,夏薇薇面对沧桑的乱世,也不会开心吧……

"在美国亚利桑那州有一棵世界上最大的蔷薇,它长得像大树,树干直径有1.41米,高达2.75米,只有找到它并且喝下12滴晨露,才会有获救的希望。"小爱的声音发颤,小小的身子紧绷着,金色的发丝飞扬起来,小脑袋骤然往后倒去,瞳孔中一片空茫,"云哆亚星球上的恶魔公主露娜,她掌管着一切,所有的罪恶都来源于她……现在你们要去的就是黑沙漠……那里终年黑黢黢的不见人影,小爱不喜欢那里……"

小爱的话刚刚说完,她的身子就像是脱了线的木偶娃娃往后倒去。柔软的床单迅速裹住她娇小的身子,小爱紧闭双眼,晕了过去。

"小爱殿下!"大章鱼突然扑过去,八只触角按摩着小爱的身体,两滴莹白的液体从章鱼黯然无光的眼睛里落下来,它哭了……

夏薇薇突然觉得很难过,小爱为了通灵预言,竟然晕了过去,但愿不要有什么大碍。那只丑丑的大章鱼对小爱的关怀是真心的,眼泪骗不了人,倒是龟大人……

"我们这里预言一次是要收费的!"龟大人戳戳林沐夏的背包,挑挑白胡子斜着眼睛望着他。

"小爱她没事吧?"林沐夏担忧地望着床上面色苍白的小爱,他下意识地从挎包里拿钱。

"我只要黄金。"龟大人用脚踢了一下林沐夏。

"混蛋龟大人,不可以找哥哥要钱!"一声稚嫩的怒吼,竟然威力十足,原本虚弱不堪的小爱突然从床上弹起身子,对着龟大人的头就是一个横扫踢,龟大人就在众人眼皮底下飞了出去。

夏薇薇目瞪口呆地看着小爱,佩服得五体投地——她这种小姑娘,对自己喜欢的人好得不得了，对自己讨厌的人也真是坏得不得了，是完完全全的真性情。

"小爱殿下，我不想吃果冻……"远远地传来龟大人沙哑的喊声……

"哥哥，你不要担心，这里没有人会伤害你的……"小爱晃晃荡荡地走到林沐夏身边，苍白的脸上勉强展出一抹笑容，湛蓝的眸子却一阵恍惚，大章鱼用触角托住她的身体，怕她会晕倒在地。

"小爱……"林沐夏俊雅的脸上掠过一丝伤感，他一时语塞，竟然有些感动，小爱的身体根本就没有恢复，还勉强起来踢飞了龟大人……

"小爱殿下，我们时间不多了，在去黑沙漠之前，请你把水晶球还给我们。"植安奎走过去，着急地问小爱。

"我从来都没有见过水晶球……从来都没有过……"小爱呢喃着辩白，声音越来越小，她再也支持不住，筋疲力尽地昏躺在大章鱼的怀里。

美丽的雨声

植安奎和夏薇薇有些不知所措,没有水晶球到了黑沙漠就什么都看不到,可是小爱的状况实在不容乐观,没有想到仅仅是通灵就会如此消耗一个人的体力。

"是鲛人拿走了水晶球……"大章鱼拉起滑软的被单温柔地盖住小爱,娓娓道来,"鲛人是东海最神秘也是最友好的种族,你看这些华丽的织物,就是鲛人织出的鲛绡,用海底红薇一遍又一遍地染成娇嫩的粉红色,才给小爱殿下送了过来。"

"鲛人?"达文西惊叫起来,他这次前来真是大开眼界,这个世界上竟然真的有美人鱼存在!他的脑海中不由得想起坐在丹麦海边大石头上的美人鱼塑像,恨不得马上见识一下真正的美人鱼。

"他们的鳃长在耳朵上,身体冰冷,大多都是人身鱼尾;血统至纯的鲛人有海水色蓝发,泪滴成珠,最善使用弓箭,说起来,他们发怒的时候也是很危险的。"大章鱼打了个哈欠,夏薇薇突然想起大章鱼爱吸烟斗，于是连忙帮他塞满烟草，把火点上，送到了大章鱼唇边。

大章鱼闭上眼睛，惬意地吸了一口烟斗，空气里顿时弥漫着一股淡淡的烟草味，这味道却并不太难闻。

"那么我们怎么才能找到鲛人？刚刚那场战斗中，我们几乎没有见到一个鲛人。"植安奎苦思冥想着，他猛地一拍脑门，心里顿时明白了，原来那个海底玉石盘上的大海螺里，藏的都是鲛人，那些歌声也是他们低吟浅唱出来召唤海底生物的，怪不得大海螺可以瞬间出现又很快移走！

"他们不爱在陌生人面前露面。"大章鱼低声道，"去东海泉眼吧，天书会给你们指示，那里会有你们想要的东西。不要希求小爱殿下的帮助，她在大海中是中立的，因此没有敌人，也没有朋友。"大章鱼说完，下意识地把小爱露在外的手臂送到被窝里去，眯起眼睛道，"帮我把龟大人从果冻里拉出来，你们走吧。"

"天书是……？"植安奎忍不住问。

"就在你身上，它会带着你寻找泉眼。"大章鱼伸出长长的触角碰碰植安奎的胸口。他恍然大悟，原来那本小册子竟然是"天书"，不由得吸了一口气，稳住心跳。

夏薇薇一行人不得要领地走出了章鱼小爱的屋子，他们含住水粒子，跨过黑石结界，再次潜入大海中。

一道金色的光辉从植安奎的胸口发出，曲曲折折地向着茫茫深海照射出去，微漾的水波中，夏薇薇隐约可以看见前方的海水越来越蓝，澄净得仿佛一块透明的蓝色琥珀。

他们尽量轻地游动身体，生怕打搅到任何一个鲛人。不知道过了多久，他们眼前的视野骤然开阔，青色的大石上长满了五彩缤纷的海底植物，亮晶晶的小鱼悠然自得地穿梭在珊瑚丛中，碧绿的海藻随着海水轻轻荡漾……

一阵婉转轻柔的歌声缓缓传来，像是最美的轻音乐，伴着低低的哼唱，绵软又动听。

达文西一脸憧憬地环视四周，从来没有见过这么美丽的海底世界，安宁，平静，祥和……这歌声来得那么巧妙，一点都不突兀，仿佛把人的心都熨帖了。

前方的一个石洞里冒出璀璨的光芒，夏薇薇一行人游了过去。

一个并不宽阔的通道出现了，他们必须弓背才能钻进去。植安奎打头阵，夏薇薇留在最后做防守，他们依次游了进去。眼前是一个高大的罗马式的大喷泉，从里面不断冒出冰蓝的海水，在水柱顶端，植安奎惊讶地注意到雅维诺的水晶球，它通体发着白光，在水花上欢快地跳动翻滚……

"我等你们很久了！"一个冰冷的声音传来，有人从另一边走了出来，把植安奎吓了一跳。

"野栗恩？"植安奎警觉地问道。

白光中，野栗恩因为失血而略显苍白的脸此时看起来更加惨白，甚至有点透明，他的脚边有一条死掉的白色斑点虹鱼，植安奎注意到他缠着绷带的左手上紧握的黑蝴蝶剑隐约可见斑斑血迹。

"这是鲛人的泉眼，我在这条虹鱼身上撒上了荧光粉，一路追过来，本来想要夺回水晶球，不料这条鱼竟然冒死都要把水晶球放到这条水柱上，说来奇怪……"野栗恩扬起头，紫色的瞳孔微颤，却又欲言又止。

植安奎还没来得及追问，野栗恩却猛地抛出黑蝴蝶剑，咣的一声，黑剑闪过一道亮光，直插在泉眼旁边的石柱上。

植安奎疑惑地走过去，垂眸往下看去，心底不由得一阵疑惑，泉眼底部冒出的水竟然都是黑色的，可是那些水一旦喷发出来，在水晶球下轻轻一滚，立刻变成了冰蓝色……难道说雅维诺的水晶球有净化污水的作用？怪不得那条虹鱼誓死都要完成使命。

达文西从小洞里钻进来，本来还在抱怨洞口太小，撞得他头痛，忽然看见立在泉眼旁边的野栗恩，顿时吓了一跳，小声嘟囔着："果然是阴魂不散。"

野栗恩紫瞳颤了一下，并没有怪罪达文西。

林沐夏的表情依旧淡然，只是静静地注视着眼前的一切。

夏薇薇是最后钻进来的，她一看到美丽的泉眼，不由得惊叫起来；可是当她经过野栗恩身旁时，不由得浑身发冷，高兴劲头顿时烟消云散。

气氛略有些尴尬，大家听了植安奎的解释，都在犹豫要不要把水晶球给强行取下来，却都不想在原地待着……

"你们好，见到你们真高兴！"一阵甜甜的呼唤从洞口另一端传来，紧接着一位穿着紫色公主长裙，披着一头淡紫色长发的女孩子走了出来。她的头顶上歪戴着一个水晶王冠，长裙上缀满了厚重的蕾丝蝴蝶结，纤细的腰肢上挂着明亮的钻石，如同天鹅颈般细长的脖子上系着一朵深海红薇，窈窕有致的身材，看起来楚楚动人；更加美丽的是她的眼睛，温柔淑婉，笑起来的时候似乎会说话。奇怪的是，她把长裙用海藻扎了起来，露出两条白皙的小腿，右手还提着一只珊瑚木桶，左手拿着一块抹布，似乎正在干活。

"啊！美人鱼！"达文西沉不住气，见到美丽的女孩子，忍不住惊呼！

夏薇薇几乎要看傻了，这个女孩子似乎要比她大上几岁，她手里虽然提着水桶，但是优雅动人的气质一点都掩饰不住，她一定是个贵族小姐，可是……为什么要做这种粗活呢？

植安奎驱动魔法小心试探她，她的抵抗力几乎为零，身体素质还很差，似乎有一种外力在支撑着她，更加奇怪的是，她虽然是人类却能在没有采用呼吸装置的情况下在大海中来去自如！

野栗恩警惕地拔剑，然而剑还没有出鞘，女孩盯了他一眼，冷漠的眼神就转到别处，似乎不以为意。

"在这里的几年，我第一次看到同伴，我叫雨声，呼……今天的活总算干完了，你们愿意陪我一起进餐吗？"雨声冲大家友好地笑笑，她转过身，掀开了一道用荧蓝珠子做成的珠帘门。

夏薇薇只感觉那种珠子前所未见，掀帘的时候有种清风拂面的感觉，不由得十分好奇。

植安奎冲大家点点头，他心中虽然狐疑，但是还是跟着雨声走了进去，想先向她打探一下消息。

"是美味的海鲜！"夏薇薇走进舒适整洁的小屋子里，看着满桌子的美味佳肴，香香的茄汁带鱼，嫩嫩的柠檬香虾，浓浓的鲍汁海参粥……夏薇薇馋得直流口水。来海底这么久，她还没有好好吃过一顿饭呢。

大家对着满桌子的美食，捂着咕咕乱叫的肚子很难为情。

"雨声姐姐，我们真的可以开吃了吗？"夏薇薇的双眼变成了爱心形状，她的小手抱在胸前，一脸期待地望着美丽的雨声。

"大家不要客气，请便。"雨声连忙多加了几副碗筷，微笑着招呼大家。

"呜……美人鱼你真是太体贴了！"达文西再也忍不住，拿起筷子夹起一条鱿鱼，吃了起来。

野栗恩冷冷地站在一旁，对满桌子的食物不闻不问。

雨声觉得奇怪，拉野栗恩坐到餐桌上来，可是野栗恩猛地一抽衣袖，害得雨声跌倒在地。

夏薇薇和林沐夏连忙起身扶雨声，对变幻莫测的野栗恩一点都摸不着头脑。

植安奎也饿得浑身不适，他早用魔法试了一下桌子上的食物，都是没有问题的。雨声一点都没有觉察到大家对她的戒备之心。

"虽然是鬼族也是照样要吃饭的不是吗？野栗恩如果你想要帮助我们就好好吃饭！"植安奎气得从桌子边站起来，他把一碗粥硬塞到野栗恩手里，这才坐下吃饭。

野栗恩手猛地一顿，紫瞳颤了一下，呆呆地端着粥，靠在门口一动也不动。

"植安奎，你不要理他！好心没好报！"达文西没好气地看了一眼野栗恩，他真的从来没有见过这么奇怪的男孩子。

野栗恩听了达文西的话，"啪"的一声把碗掷在地上，赌气地走出了小房间。

"我可什么都没说!"达文西连忙撇清干系,指着门口道,"是他自己跑出去的!"

植安奎叹了一口气,现在他确定野栗恩是在帮助他们,目前要做的是大家团结一心,早日找到解决蔷薇劫难的方法,但是现实中却举步维艰。他不再多想,埋头吃饭。

"雨声姐姐,你怎么会在这里呀?难道说你是守卫在这里的神女战士?"夏薇薇的嘴角沾着一个米粒,大眼睛写满崇拜,盯着举止优雅的雨声。

植安奎抬起眼睑瞪了一眼夏薇薇,再怎么说她也是"彩虹之穹"的公主,竟然连人类和神女都分不清楚,还是这个傻丫头见到雨声根本就没动脑子?一天到晚浮想联翩!

"不是的,我是魔笛那波家最小的女儿,不过我身上却发生了很奇妙的事情。"雨声的眼角浮起一抹笑意,她美丽的眼中充满梦幻,托起下巴幽幽地说着。

林沐夏的手顿了一下,有权有势的魔笛那波家族,难道她就是雨声·魔笛那波?!林沐夏的心微微发颤,他用眼角的余光小心地打量着雨声。林氏财团与魔笛那波家族合作过一次,魔笛那波家族的人十分厉害,他们几乎对天地万物无所不知,可是他们的宝贝女儿怎么会在海底?

"奇妙的事情!是什么?我很想听!"夏薇薇顿时来了兴致,她放下碗筷,大眼睛期待地凝视着雨声。

植安奎实在看不下去,扬起手臂帮她揩掉嘴角上的米粒,身为"彩虹之穹"的小公主,她至少也要注意一下自己的形象,到底要到什么时候才可以照顾好自己?真是让人不放心!不过魔笛那波这个大家族,他倒是有所耳闻。

雨声见到植安奎很自然地帮夏薇薇擦脸,掩住嘴角羞赧地笑笑。

夏薇薇本来也不以为意,可是被雨声这么一笑,竟然有点不好意思,可她又说不出来哪里奇怪，总之，脸上有点发烫。

"我小时候经常犯病，族人都以为我活不到成年，没有想到父亲大人求遍世界名医给我找到了一剂灵药，我吃下去之后，身体竟然完全康复了！"雨声说到这里，嘴角露出一丝满足的笑意，她泉水般清亮的眸子闪烁着，"我很感激，上天总算没有夺走我的生命。不过，吃过药以后，我晚上总会做一些奇怪的梦，那些场景我从来都没有见过，印象最深的就是一只硕大湛蓝的海螺……我记不清楚了……"雨声揉揉太阳穴，显然她回忆起梦境会很吃力。

"那然后呢？"夏薇薇的好奇心被激发，着急地想听后面的故事。

植安奎也放下碗筷，那只湛蓝的大海螺……他们被攻击的时候，唱歌的就是那只海螺！

"有一天晚上，我怕做噩梦，就一个人独自站在天台上看星星，远方是一片氤氲着水汽的黑色大海。突然，我听见很多人在小声地啜泣，刚刚开始只是隐隐约约的一点点，后来哭声越来越大。我觉得很害怕，就叫仆人救我，可是她们都没有听到什么哭声。我以为我梦魇了，又躺回去睡觉，可是头痛得厉害，昏昏沉沉地睡着了。我模模糊糊地听到有人在唱歌，可是等我睁开眼睛的时候，整个人竟然置身于一个完全陌生的环境。你们应该知道那个泉眼吧，我刚来的时候，它总是冒出黑乎乎的水，不过今天一条虹鱼带来了一只水晶球，泉眼里的水一下子就变清澈了！真是神奇！"雨声沉浸在自己的想象里，满脸都是柔柔的笑意，似乎她对这个地方很满意。

"那你要一直待在这里，不回去了吗？"夏薇薇仰起头环视四周，虽然这里很温馨，但是没有亲人和朋友在身边，还是很孤单无趣的。

一阵熟悉的浅吟轻唱传来，原本一脸梦幻的雨声的脸唰地一下通红，她慌乱地站起身子，对着夏薇薇和植安奎点头致歉："对不起，我要先出去一趟，你们请自便。"雨声说完，提起沉重的水桶，疾步走了出去。

"原来她不是美人鱼，不过，她真的比美人鱼还要漂亮。"达文西一边吃着牡蛎，一边赞美。

林沐夏疑惑地看了一眼达文西，这位大叔应该没见过美人鱼吧。

"可是她的故事没有讲完，有点遗憾。"夏薇薇无精打采地搅着碗里的粥，吊胃口的感觉真不好。

"你不要总是爱打听别人的事情，小心变成长舌妇。"植安奎白了一眼夏薇薇。

"植安奎，你的嘴巴真是超级臭啊！"夏薇薇气得站起来，可是她的脑中灵光一闪，立刻蹦跳着往门外跑去，"我要跟着雨声，看看她去了哪里，哎呀呀，本小姐真是好奇得不得了！"

"笨蛋，你快回来！"植安奎见状立刻跟了上去，夏薇薇的急性子真是让人头疼。

林沐夏和达文西也毫不犹豫地跟了上去。

第6章
缺失的泉眼

鲛王曼耶华

叛徒斯卡汀娜

【出场人物】

植安奎,夏薇薇,达文西,林沐夏,雨声,塞涅卡,曼耶华,章鱼小爱

【特别道具】

赫特斯特之箭

鲛王曼耶华

植安奎刚刚出门,本来以为夏薇薇会跑到不见影子,没想到她竟然傻傻地立在泉眼旁边,大眼睛一眨不眨地盯着洞口。

"你怎么了?"植安奎狐疑地看着呆立着的夏薇薇。

"嘘——"夏薇薇仍目不转睛,做了一个禁止出声的动作,大家见她神秘兮兮的,都纷纷往洞口看去,可是黑黢黢的什么都看不到。

"小夏薇薇,你看见什么了,悄悄告诉我好不好?"达文西实在不明白,他眨眨眼睛,讨好地凑到夏薇薇身边,小声问。

"刚刚我看见了一条好长的蓝色尾巴,野栗恩已经跟过去了!那一定是鲛人,是鲛人啊!"夏薇薇再也忍不住,欣喜若狂地蹦起来。

达文西被夏薇薇一惊一诧的举动吓了一大跳,捂着耳朵陪着她蹦跳。

"我们追吧,现在还来得及!"植安奎无奈地看了一眼夏薇薇,领着大家迅速往洞外钻去。

他们看见一条绿色的荧光一直通向远方,植安奎估计是野栗恩留下的追踪记号,于是毫不犹豫地沿着荧光往前游去。荧光到一个阴暗的石门处就消失了。

夏薇薇隐约可以闻到一股腐臭的味道。她望着眼前长满黏黏的灰色苔藓的石门,情不自禁地用手摸了一下,没有想到苔藓下竟然露出一丝璀璨的光辉,她用力擦掉更多苔藓,晶莹的海底白色晶石顿时显露出来……植安奎注意到夏薇薇手边发出的亮光,凑过去细看。晶石上撰写着细小的字迹,由于年久,分辨不出内容。

"这里应该是鲛人的王宫。"林沐夏修长的手指拂过晶石,他想象的海底鲛人的宫殿应该是一片光辉,灿烂无尘,并且是用海底最美丽的晶石铸造的,可是眼前一片灰头土脸的大石山,跟书上写的完全不一致。

"鲛人也太寒碜了吧。"达文西用同情的目光注视着眼前这座实在有些年久失修的宫殿,惋惜道。

"我看未必,他们把美丽的宫殿覆盖起来,或者是有什么难言之隐。"夏薇薇想了一会儿,认真地说道。

植安奎忍不住看了一眼夏薇薇,没有想到她竟然别有一番想法,有种令人刮目相看的感觉。

"不过,他们竟然用这么恶心的植物……"夏薇薇搓搓手,洗去黏黏的苔藓,秀眉微蹙,"我怀疑是他们太懒,不想打扫屋子,所以就脏成这个样子了。"

植安奎的嗓子噎了一下,这个女人后来说的话把之前的智慧全都给掩盖了。

如果这里是鲛人的宫殿,那么里面的防守一定很严密,野栗恩哪里去了?更加匪夷所思的是,鲛人的行踪竟然如此隐蔽,他们到现在都还没有找到有关鲛人的一丝线索。

"我们先躲起来,伺机而动!"夏薇薇瞅瞅四周无人,拉着植安奎就往草丛里躲。

　　林沐夏和达文西跟了过去。

　　黏糊糊的海草丛里有一股巨大的腐烂味道，简直让人无法呼吸，夏薇薇刚刚蹲进去就后悔了。

　　林沐夏从包包里掏出一个小瓶子递给夏薇薇，示意她放到鼻端。

　　夏薇薇感激地点点头，小瓶子里散发出的清香顿时让她舒适不少。

　　达文西见了宝贝，连忙找林沐夏要，他最讨厌邋遢，如今被腐臭味道熏得受不了。不想林沐夏只是尴尬地耸耸肩，因为他包里只有一瓶清香剂。

　　达文西立刻做出一脸欲哭无泪的表情，可是他不知道踩到了什么东西，整个人往前一滑就要跌倒。

　　植安奎连忙扬起手臂托住达文西的身体。他的瞳孔突然一缩，发现小石门处，有两个胸前裹着银色鲛绡的长发鲛人正缓缓摇动着鱼鳍，细腻柔软的发丝漂荡在海水里。他们的面容十分精致，五官格外深邃，清澈的眸子试探着打量四周，确定没有人跟过来，才不动声色地游入石门中。

　　"是尸体！"达文西大声尖叫，因为太过恐惧，他咕咚咕咚地呛了好几口水。

　　他刚刚踩到的正是一个死去的鲛人的身体。那个鲛人轻盈的身体被水波托起，鱼尾上的鳞片脱落殆尽，变成死灰色，枯槁的面容泛着冷蓝光芒，胸口完全溃烂，惨不忍睹。

　　夏薇薇惊得掩住嘴巴，鲛人怎么会死在宫殿门口！她忍不住往下看去，密密匝匝的水草下，她竟然看见了许多在水底毫无生气摇动的灰色鱼尾。怪不得这里这么臭，这里可能是鲛人的墓场……想到这里，夏薇薇不由得浑身发抖……她盯着悄悄进入小石门的美丽鲛人，突然灵机一动！

　　"变身魔法……"夏薇薇凝神闭目，交叉在胸口的双手迅速摆出十字，她的手指用力往下一转，蔷薇色的光点顿时洒在了身边的人身上——这下子，一群海底生物出现在了眼前：达文西变成了一只红色的螃蟹，林沐夏则是一条可爱的银鱼，唯有植安奎，夏薇薇脑子里想到的第一个就是——海马！

大家惊恐地望着突然缩小的身体，都惊得哑口无言。达文西横着螃蟹爪子到处跑，慌乱得不知如何是好。变成海马的植安奎气呼呼地弹着肚子，双眼瞪着夏薇薇，嘴巴不断冒出小泡泡。

夏薇薇凝神看着大家，强烈集中精神，传音道："我们扮成虾兵蟹将的样子，以免打草惊蛇，大家一定要尽快适应。跟我来！"

大家听了只好忍住不适感，对着夏薇薇点点头。突然眼前一道灿烂的光辉闪过，一个美丽的鲛人出现在他们眼前。夏薇薇早已模仿着鲛人的样子变成了一个鲛人女孩，一头黑发倾泻下来，发丝拂过她美丽的脸颊，越发显得楚楚动人。她扭过头得意地冲大家眨眨眼，接着率先冲出去，毫不犹豫地游入小石门。

植安奎注意到她的发色，连忙跳过去把她的头发染成浅蓝，这才放下心来。他心里暗自嘀咕：夏薇薇真是不厚道，竟然把大家都变成不伦不类的样子，却把自己变得那么美！

夏薇薇刚刚探入脑袋，不想两道疾驰的箭影迅速朝她飞来。她惊了一下，收回身体，迅速驱动魔法折断了箭，她的视线逐渐开阔起来，发现小石门里竟然有一个巨大的蓝水晶殿门，美丽温润的光辉照耀在她脸上，使她心情顿时豁然开朗。她刚刚准备再往前游一点，突然一张俊美异常的脸凑近她的脸。那张男人冰雕般的脸上神情微微诧异，深蓝色的瞳孔暗涌着一丝疑惑的光芒，他红润的唇半张着，格外凑近夏薇薇。男人深深凝视着她的脸，突然，他的目光痛苦地闪烁了一下，健美的身体猛地卷起一道白色的浪花，迅速消失在一片湛蓝的水波里，夏薇薇只看见一条近似透明的深蓝色鱼尾从她眼前闪过……

夏薇薇用手按住狂跳的胸口，屏住呼吸，难以置信地回忆着刚刚那一幕的偶遇。她完全不认识那个鲛人，不过……他真的帅呆了！连她都忍不住要脸红心跳。

植安奎一行人已经跟了进来，大家一起向着半掩的水晶门里游去。植安奎注意到夏薇薇脸颊涨红，游到她身边打量她，不想夏薇薇却理都不理他。他心底一阵抑郁，如果不是因为变成一只小小的河马，他一定不会受夏薇薇这种气的。

吱嘎一声，蓝色的水晶门打开了，夏薇薇往里面看去，心跳进一步加速。

宽敞的院子里，一方巨大的白玉石堆砌成的水池里，躺着一个裹着一层冰蓝鲛绡的男子。他背对着夏薇薇，修长有力的双臂悠闲地平放在两旁，四周一圈灿烂的海底红薇像火一般燃烧。男子一头倾泻而下的黑发蔓延开来，修长的双腿在水池里来回地摆动着。高大华丽的穹顶上，一道蓝光倾泻而下，恰好落在男子的身上。夏薇薇疑惑地抬头看去，只见刻着浮雕的天花板上竟然画着一个鲛人，那道光芒就是从画中射出来的。渐渐地，男子的腿上逐渐凝结出一股淡蓝的光芒，这种光芒逐渐扩大，甚至裹住了他的全身，原本松散的鲛绡突然绷紧，男子笔直的双腿迅速蜕变成一条线条柔和的鱼尾，鱼鳍几近透明！

他后背的黑发也开始变色，从漆黑变成深蓝，色彩晕染得如此自然，却又浑然天成。男子猛地扬起鱼尾，整个人潜入池水中，深蓝的鱼尾不断溅起阵阵白色的浪花，只能看见他的鱼尾偶尔浮出水面。

"曼耶华，可以出来了吗？"一声轻软的呼唤，雨声拿着一条干净的白毛巾，另一只手提着一桶水，摇摇晃晃地奔了过来。

夏薇薇惊得差点叫出声来，雨声姐姐怎么会在这里？还有那个鲛人叫作曼耶华？

"嗯。"冰冷单调的应承声从男子的嘴里发出，他从水里探出头，湿漉漉的蓝色发丝贴在脸颊上，然后静静地趴在玉石水池边缘。

雨声丝毫不以为意，她弯下腰，认真地帮他擦拭着肩膀上的水渍。

她水润的眸子里闪烁的光芒似乎更加耀眼，整个人都焕发出不一样的风采。

难道雨声姐姐是为了这个男子才留下来的？

夏薇薇顿时想起雨声脸上满足的笑容和对未来无限憧憬的眼神……可是这个男子到底是谁？为什么可以从人类变成鲛人，而且他变身的方式并不是用魔法驱动的？

"曼耶华，在黎明前，你一定要到鲛人皇宫最高的地方去……"雨声的声音发颤，尽管她已经极力克制自己的情绪。

"为什么？"男子依旧声音冰冷，可是他微微侧过脸颊，刻意避开雨声的视线。男子凝神屏息，显然他在认真地等待雨声的下文。

"只有你在海底最高的地方，我才可以在人间登上最高的天台看到你的影子，我知道海水最蓝的地方就是你所在的位置。"雨声微微哽咽，她的大眼睛里噙满泪水，伴随着她的动作一滴一滴地往下掉。

夏薇薇不由得皱紧眉头，难道说雨声要回到人间了吗？她舍不得他，所以才难过地哭了。

"嗯。"男子想了一会儿，声音依旧很冷漠，却微微颔首，算是默认。

"你答应我了！"雨声十分开心，她扬起手臂擦掉脸上的泪花，绝美的脸上喜悲交加，反而把她衬托得更加动人了。

又是熟悉的哀婉低沉的歌声，仿佛来自深海，缥缈又遥远……在室内盘旋回荡起来。

"呜……"夏薇薇忍不住呻吟起来，只开了一条缝的大门突然自动弹开了，直接撞在了夏薇薇的脑门上，痛得她浑身直颤。

"谁？！"水池里的男子警惕地问道，迅速从玉石水池里游出来，直奔向夏薇薇的方向。他的脸越来越近，游动的速度也越来越快……植安奎见状，立刻破解身上的魔法，变回人形挡在不知所措的夏薇薇面前……

"曼耶华，不要！他们是我新结识的朋友，也是……水晶球的主人……"雨声的面颊骤然苍白，她咬着嘴唇，身上的衣衫被不知从哪里卷来的浪花猛烈撕扯着,往门口的方向拉去,可是雨声却极力抓住水池边沿,手指骨节发青,就是不肯松手。

"雨声,快松手,你会受伤的!"曼耶华俊美的脸顿时变得凝重,他手里凝结出的长弓还没有来得及发矢,只是恨恨地看了一眼夏薇薇,旋即游到雨声身边,有力的双手抱住她的肩膀,柔声地在她耳畔叮咛,"我会让他们走,你快点回人间去。"

风浪更大了,雨声还没来得及告别,她的身体像一片紫色的羽毛,从敞开的殿门飘荡出去……雨声刚刚消失,大门立刻关闭,夏薇薇一行人被关在了宫殿里,纷纷警觉地望着曼耶华。

夏薇薇这才看清楚他的脸,俊秀的眉峰下,一双深邃的瞳仁冰蓝通透,时不时掠过一抹复杂的情绪;他的脸颊如冰雕般光洁细致,紧闭的薄唇严肃又坚毅。他的视线紧追着雨声消失的身影,直到大门关上,他才突然仰起头,发出阵阵笑声。

"塞涅卡,为什么要放他们进来……你的箭应该随时射向叛徒……"曼耶华的声音悲怆又无可奈何。

夏薇薇吓得浑身发颤,她从曼耶华的身上感到了一股强烈的敌意,可是他的脸又那么熟悉,跟她刚刚进入小石门见到的那张脸如此相似,那个人也拿着弓箭,却并没有伤害她……她听着曼耶华悲戚的哀鸣,竟然有些同情眼前的这个男子。

"塞涅卡是前任鲛王,曼耶华应该就是塞涅卡唯一的继承人,也是现任的鲛王,他生性冷僻,夏薇薇你要小心。"林沐夏变的小银鱼悄悄地游到夏薇薇的耳旁小声提醒着。

林沐夏刚刚游了一圈,怎么都找不到达文西变的那只红螃蟹,现在又担心他的安危,连忙四处找了起来。

夏薇薇更加疑惑了,看来这对父子的关系不怎么好,要不然曼耶华怎么会直呼他父亲的名号呢?

"鲛王,我们来这里并无恶意,只是想请你把水晶球还给我们。公平正义的鲛人不会抢占不属于自己的东西吧？"植安奎的声音带着一丝讥诮，虽然面前的曼耶华十分危险，可是背地里偷袭并且抢走别人的东西的行为更加可耻。

"你凭什么与我讨价还价？"曼耶华俊美的脸上笼上了一层阴影，他看起来格外清冷孤傲，长睫毛下的蓝瞳漠然地注视着植安奎，声音更加冷峻，"想要拿回水晶球，除非……"

"除非什么？"植安奎丝毫不敢懈怠，他手里紧握的红宝石不安地颤抖起来。

叛徒斯卡汀娜

"把她留下！"曼耶华迅速游到夏薇薇身边，他睁大眼睛注视着完全摸不着头脑的夏薇薇，唇角颤抖着，声音几乎是从牙缝里挤出来的，"你走进小石门的那一刹那，没有外人可以躲过塞涅卡的赫特斯特之箭，因为你跟她长得很像……那个鲛族的叛徒！所以塞涅卡放了你，他不忍心伤害你，对不对？"

"你在说什么呀？"夏薇薇完全听不懂，被他逼视着又浑身难受，那些疯话她一句都不愿听，可是她突然想起进小石门时候的那个帅气的男人……原来他就是塞涅卡，可是他不是已经死掉了吗？难道那是塞涅卡的灵魂……呼……夏薇薇倒吸了一口凉气，她实在不爱跟鬼魂打交道，虽然他帅气到了无敌。

"等下辈子吧！"植安奎突然大叫了一声，他手里的红宝石光芒四射，直逼曼耶华。

"你真的以为凭借你的区区本领就可以打败鲛人之王吗？"曼耶华巨

大的鱼尾搅起一股海浪，奔腾的水波带着强大的冲击力冲向植安奎。

植安奎咬紧牙关，红宝石光芒在他身前形成一道灿烂的红色屏障，金光在上面噼里啪啦地响着，奋力顶住强力的海潮。一时间原本围在玉石水池旁边的海底红薇花瓣被震得四散开来，在水中胡乱地翻卷。

"蔷薇魔杖！"夏薇薇眼看着植安奎手心里的屏障一点点地裂开，连忙挥舞手杖对着屏障增添魔力，顿时屏障上的裂缝被修复了。

植安奎感激地看了一眼夏薇薇，趁着这个空隙，他猛地施力，跟夏薇薇一道用力推动屏障。水波猛地被逆推回来，曼耶华猝不及防，迅速闪到一旁。水柱被撞击到玉石池上，水池碎了一角，细细看去，玉石里竟然还有丝丝血迹。

"呼……"植安奎和夏薇薇累得气喘吁吁，他们难得有休息的空当，曼耶华的力量确实很强大。

然而令他们震惊的是，曼耶华线条优美的嘴角竟然渗出血来，他的脸布上一层阴云，扬起手臂拭血丝。夏薇薇不由得奇怪，他刚刚不是避开了逆回的水柱冲击，为什么还会对他造成这么大的损伤？

"够了，你们出去吧，曼耶华并没有错。"殿堂里的穹顶上发出一声沧桑悲凉的声音。突然一道强力金光迸射出来，一只白羽金剑突然射了下来，夏薇薇只觉得耳边响过一阵呼啸，原本严丝合缝的殿门突然被轰开了。

"快走吧。"穹顶上又一次发出声音。

"塞涅卡，你总是这样！"曼耶华仰起头对着穹顶大声叫嚷，他的蓝发在水里四散开来，微微弯下的后背痉挛起来。

植安奎和夏薇薇趁着大门敞开，识趣地逃了出去。

夏薇薇回望着紧闭的大门，还在胆战心惊，如果那一簇金剑射向他们，那种威力估计无人能承受……可是塞涅卡为什么要帮助他们逃走呢？这对父子未免太奇怪了！

"嗖嗖嗖"，一串小水波从夏薇薇面前迅速划过，一只红色的小螃蟹出现在夏薇薇面前。

"达文西？"夏薇薇用手托起小螃蟹，见到小螃蟹对着她不断点头，这才恍然大悟，连忙驱动魔法把它变了回来，顺便连带上小银鱼林沐夏。

"你们没事吧？你们不知道我在外面有多担心！"达文西拉起夏薇薇的手，关切的目光对着她上下打量。

"没事。"夏薇薇开心地冲达文西眨眨眼，她也迅速变身成为原来的模样。

林沐夏冷静的脸上掠过一丝无奈。达文西逃命的速度不是一般的快，他早就知道危险要来，在大门关上的那一刹那就奔出去了！撇下大伙还一点都不害臊，恐怕只有他做得出来了。

"我们去找小爱问个究竟吧，曼耶华似乎有事情瞒着我们。"植安奎的目光深沉，对着大伙说道。

众人点点头，在天书的指引下沿着原路返回。

沿途，心思细密的林沐夏特意绑了一束海底红薇，夏薇薇原本以为林沐夏会送给她，可是见到沐无动于衷的样子，心就凉了半截。植安奎还站在一旁挖苦了夏薇薇几句，后来他见夏薇薇可怜巴巴的，就随手折了一枝花递给夏薇薇，一下子就把她逗乐了。

小爱殿下的粉色卧室里。

林沐夏坐在小爱身边，变戏法一般地从背后拿出海底红薇放到小爱面前，他宁静温柔的脸庞掠过一丝微笑："小爱，哥哥送给你的。"

"嗯。"早已恢复元气的小爱小手捧着鲜花，整张脸都埋在花堆里，金色的发丝柔柔地贴着小脑瓜，害羞得不得了。

夏薇薇顿时觉得自愧不如，林沐夏知道怎么讨女孩子欢心，鲜花果然是灵丹妙药。

"小爱，你知道鲛王曼耶华的事情吗？今天我们去取水晶球的时候，他看起来好像很不高兴。"林沐夏澄若秋水的眸子凝视着小爱，声音很轻。

"我就知道曼耶华会不高兴的。"小爱噘起嘴巴,大眼睛还忍不住打量林沐夏,小脸忍俊不禁地笑着。

林沐夏心领神会地盯着小爱,淡静的脸上是一抹宠溺。

植安奎和夏薇薇坐在一旁一言不发,他们自知小爱对他们一点好感都没有,所以还是变成空气比较好,所有的一切全靠沐来发挥了。达文西跑到院子里呼吸新鲜空气去了,他看到大章鱼就受不了。

"这件事情很复杂,"小爱的脸上多了几分跟她年纪很不适宜的老成,她叹了口气,用稚嫩的声音一字一句地讲道,"鲛人是不会老的种族,他们的肌肤很少接受光照,而且海底的水滋养着他们,加上他们本身血液循环就很慢,所以一百岁的鲛人跟十几岁的鲛人看起来几乎没有差别。"

夏薇薇细细一想,她确实没有见到一个年老的鲛人,难道说他们是青春不老?

"那是一场灾难……"小爱幽幽地摇摇头,小脸上浮起一抹悲伤。

鲛人本来是海底最美丽的生物,他们勤劳又智慧,灵巧的手能织出世界上最柔软的鲛绡,聪慧的他们还会采集海底植物,把鲛绡染成自己想要的颜色。闲下来的时候,鲛人会围在一起,任凭海水托起他们轻盈的身体,在大海中自由自在地游来游去。

他们爱唱歌跳舞,鲛人中的女孩子可以找到贝壳里的精油涂抹自己的长发,秀美的手指可以弹出世界上最美的乐章。当然她们之中也有一些调皮的女孩子,她们会趁着大海卷起惊涛巨浪的时候浮到大海中央。大海上漂浮着许多被风暴袭击的轮船,水手们都惊魂难定。这时候,鲛人女孩子就开始唱歌,悠扬的歌声传遍安宁的大海,每个人躁动不安的心都逐渐安宁……有的女孩子会爱上某个水手,但是鲛王的教诲是不许人鲛相恋,如果人类跟鲛人在一起,不会老去的鲛人望着日渐苍老的伴侣，心境一定会很悲凉；而且人类无法在水底呼吸，鲛人却不能脱离水生存，因此，鲛人与人类是不能在一起的。

可是爱情是美妙的。有一天一位叫作阿曼达的鲛人女子偷偷潜到海面，她看见一艘豪华的银色轮船"伊丽丝·辛迪亚号"在狂风暴雨的袭击下岌岌可危，船不断漏水，她就开始唱歌，想要抚慰船上人们焦虑不安的心情。但是她听见大家在诅咒她，说那是海上的妖女在蛊惑水手，大风浪就是妖女制造出来的。

年轻气盛的阿曼达十分生气，她觉得自己的好意被人误解了，于是她用长长的鱼尾翻卷海水，让海风更加急骤，浪花更加疯狂。海上的人对着漆黑的天空喷射了许多求生信号灯，阿曼达从来没有见过那么美丽的焰火。这时，她看见那位最心仪的水手抱着一位穿着白色睡裙的女子从裂开的甲板上猛地一跃而下。

阿曼达又惊又喜，她连忙游过去，把在大海中昏倒的水手救了起来。她被喜悦冲昏了头脑，几乎不做思考地抱着年轻的水手往鲛人的宫殿潜水而去，因为她终于真真切切地抱住了最心爱的人！

等到她到了海底，欢喜地呼唤着水手的名字，才发现那个人已经窒息而亡，被爱情冲昏头脑的阿曼达忘记了人类在海底不会呼吸。悲痛交加的她忽然发现水手旁边的女子胸口却有节奏地起伏着，她注意到女子身上的氧气瓶，而水手身上什么都没有。

痛苦的阿曼达不知如何是好，这个时候鲛王塞涅卡出现了。他狠狠地惩罚了阿曼达，因为她的过错害得一艘原本有希望脱险的轮船沉入海底，并且还溺死了一位最勇敢的水手。而水手身边的女孩子却猛地睁开了眼睛，她有一头美丽的黑发，鸡蛋一般吹弹可破的肌肤和整齐的皓齿，她叫伊丽丝·辛迪亚。那艘船是辛迪亚族长为女儿刻意打造的远洋轮船，却不幸在海上遇难。

鲛王塞涅卡很同情失去族人的伊丽丝·辛迪亚，他本来想把她送回人间，不料因为在大海中窒息而失去记忆的伊丽丝却记不起任何一位亲人，她心中始终依恋着看似严肃实则心地善良宽容的鲛王塞涅卡，而且她有很多技艺，无论是舞蹈，音乐，绘画，还是制药……她都有自己的见解，原本无动于衷的鲛王被美丽善良的伊丽丝打动了，他们最终结成眷属。

"二十多年前伊丽丝·辛迪亚家族全体成员失踪的谜案的真相竟然是这样。"林沐夏垂下眼睑，低声说道，微拢起的双眉间似乎有股化不开的愁绪。伊丽丝·辛迪亚家族与林氏家族是世交，可是他们全家在一次出行中失踪……有人盛传是海上妖人作怪，看来那只是阿曼达一时赌气导致的灾难。

夏薇薇有些同情地看了一眼低头冥思的林沐夏，看来他跟伊丽丝·辛迪亚家族之间有千丝万缕的联系。她的视线移到小爱脸上，发现她孩子气的脸上并没有什么特别的感情，只是好奇地瞅着林沐夏，摸不着头脑。

"那曼耶华就是塞涅卡和伊丽丝的孩子，也就是说他是人类和鲛人的结合体？"植安奎望着小爱，若有所思。

"是的，所以曼耶华必须每隔一个月都在圣水池里浸泡十分钟，因为那个时候他会恢复成人形，在水底无法正常呼吸，圣水却可以帮他迅速蜕变成鲛人。"小爱认真地点点头。

"圣水池在哪里？"在院子里待着实在无聊，达文西躲在门口偷听，他当惯了经纪人，此时听到那么传奇的故事，竟有种想要把这个故事编写成剧本的冲动，于是迅速跳进小屋，抢先问。

大家被他的突然出现吓了一跳。

"在鲛人葬场！"小爱瞪了一眼达文西，对他的突然出现嗤之以鼻，她回答完问题不由得蹙蹙眉头，显然她并不喜欢那个地方，"你不要想着进入圣水池，塞涅卡的灵魂守卫着小石门，他手里的赫特斯特之剑会把每一个贸然闯入的人射死！"

夏薇薇不由得心跳加速，那个铺满红薇的地方就是圣水池……可是塞涅卡竟然放掉了他们，这到底是为什么？

"小爱，鲛人死去之后不是要变成泡沫吗？为什么塞涅卡的灵魂还活着？"林沐夏疑惑地问，按说鲛人死去的时候会回归大海，变成最纯洁的泡沫。

"在'那件事情'发生之前，鲛人正常的生老病死确实是变成泡沫的，但是现在不一样了！"小爱有些气恼地捶捶膝盖，噘起嘴巴道，"鲛人葬场那里有很多窒息死亡的鲛人，他们不甘心死掉，所以身体就会沉在海草中，慢慢腐烂……那里总是臭烘烘的，真是让人头痛。塞涅卡为了拯救族人，把鱼尾上的鳞片揭下来给族人呼吸用了……他是在最后一片鳞片脱落的时候失血过多死去的，已经到中年的伊丽丝当即就跟着殉情了，鲛族人为此整整哀悼了十日，他们本来期待着塞涅卡的身体会变成最纯洁的泡沫，没想到塞涅卡的身体十日不腐，变成泡沫的一刹那，他的灵魂却留了下来。"小爱摸摸身后的粉色鲛绡，喃喃说，"估计是因为曼耶华吧，他的灵魂与圣水池同在，如果圣水池被攻破，曼耶华也会受伤，所以塞涅卡才会守在那儿，舍不得走。"

夏薇薇猛地想起曼耶华出血的嘴角，她咬着嘴唇看了一眼植安奎，原来他们不经意地打伤了曼耶华。

"小爱殿下，'那件事情'是什么？"植安奎的眉毛拧在了一起，他隐约感觉到鲛族似乎经历过一场惨绝人寰的灾难。

"十几年前突然晴天霹雳，鲛族人赖以呼吸的泉眼被炸碎了。就是这样子，所以无法呼吸的鲛人就会窒息而亡。"小爱无奈地摆摆手。

夏薇薇总算明白了鲛人的死亡已经不是正常的生老病死，而是被活活地闷死了，怪不得他们不愿意变成泡沫早日转世。

"不过这十几年来，鲛人能够存活下来，也实属不易。"达文西站起身来，沉重的语气里含着无限同情。

夏薇薇，植安奎，林沐夏三人几乎同时抬头看达文西——一向只对精品女装、名牌香水感兴趣的达文西，竟然也有如此觉悟……

"塞涅卡的鳞片只能撑两年罢了！"小爱反驳道，"没有泉眼鲛人根本活不下去。鲛王塞涅卡娶了斯卡汀娜之后鲛人的境遇才好起来的，不过斯卡汀娜王妃真的很奇怪。"小爱一只手托起下巴，另一只手摆弄着美丽的红薇，不解地自言自语道。

斯卡汀娜？

不知道为什么，夏薇薇听到这个名字的时候，内心竟然被深深地触动了，这位鲛人的王妃一定美丽极了。

"我就说鲛人是交到好运了，谅他们也撑不了十几年，不过斯卡汀娜王妃是怎么回事？塞涅卡的王妃不是人类伊丽丝吗？"达文西立刻恢复了八卦的本性，刚刚对鲛人的同情一点都看不见了，他出尔反尔的概率实在太高了。

"塞涅卡对人类始终有种抵制感，他规定族人不许跟人类在一起，自己却打破了先例，在多种尴尬的情况下，他压根就没有册封伊丽丝任何名号，反倒是后来的斯卡汀娜成了鲛族的王妃。"小爱解释道，突然她扬起手臂打了一个哈欠，"这些东西真是无趣，我都快困死了。"

"那么你能不能告诉我们斯卡汀娜王妃在哪里？我们可以去拜访她。"植安奎急忙问，曼耶华或者会听她的话。

"她背叛了鲛族，没有人知道她去了哪里。不过，你们千万不要随意提及这个名字。虽然塞涅卡死前要求鲛族仍然尊敬斯卡汀娜，不许破坏她的牌位，不过鲛人对斯卡汀娜的恨是到了骨子里，只是隐而不发，大家都讨厌斯卡汀娜，她是鲛人的叛徒。"小爱殿下提到斯卡汀娜，竟然气得握紧了拳头。

夏薇薇垂下头，如果是这样，斯卡汀娜也确实很可恨。

"小爱殿下，我有一件事不太明白，人类伊丽丝为什么可以在海底生存到中年？"植安奎不解地问。他忽然想起了同样是人类的雨声，除非她们是独特体质，她们的构造与人类不同，有鱼鳃！

"哼，那你是人类，又是怎么在海底呼吸的？"小爱白了一眼植安奎。

"我是……"植安奎被小爱这么一还嘴，完全没有准备好怎么回答。

"我们有秘密武器！"达文西神里神气地解释道。

"因为艾普丽的水粒子。塞涅卡给了伊丽丝很多水粒子，她就可以依靠这个在海底呼吸了，你们真是明知故问。"小爱有些不高兴。

"那同样是人类的雨声呢？"植安奎步步紧逼。

"我才不要告诉你，除非……"小爱眨眨眼，开始耍赖。

又是一个除非……植安奎郁闷地闭上眼睛，极力耐心问道："除非什么？"

"除非沐夏哥哥吻我一下。"小爱迅速说完，小脸一下子红到了脖根，两只小手害羞地绞着小裙子。

林沐夏忍不住哧哧笑起来，他大方地在小爱的额头上吻了一下，柔声说道："你是我见过的最可爱的小小人。"

小爱很满足地点点头，"小小人"这三个字好奇妙。

植安奎呼出一口气，还好，小爱的要求跟自己无关……他凝神盯住犯花痴的小爱，请求下文。

"雨声她不一样。斯卡汀娜偷走泉眼上属于鲛人的夜明珠之后，把夜明珠卖给了世界最大的交易者——暗夜统治者狄奥多西。而雨声·魔笛那波家族很有钱，她爸爸为了给她治病，就动用巨资买回了夜明珠，当作药引子给雨声服用了。她身体里有供鲛人呼吸的夜明珠，当然可以随意呼吸了！只要鲛族召唤夜明珠，她就会跑到海底来，不过她只能待半个钟头，之后就必须返回人间。"小爱十指相对，一边玩一边说，丝毫不以为意。

夏薇薇的心颤抖起来，原来这一切都是环环相扣，那么迫切需要夜明珠的鲛人一定会对雨声下手的！而雨声还蒙在鼓里什么都不知道。

"那么我们的水晶球是被鲛人抢去做呼吸之用了？"植安奎警觉地问，他注意到夏薇薇略显苍白的脸颊，手下意识地护住她的肩膀。

"算是吧。"小爱歪着头想了一会儿，"不过，水晶球毕竟跟泉眼不搭调，只是暂时起点作用罢了，放心吧，过不了几天鲛人就会把水晶球还给你们的。"小爱说到这里，突然笑得一脸轻松，在她心中问题一下子全部解决了！

如果水晶球只是暂时之用，那么身体里有夜明珠的雨声，岂不是更加危险了？

夏薇薇想到这里，顿时浑身紧张起来。

第 7 章
"假戏真做"的冒险

 圣石之潭

成鲛术

【出场人物】

植安奎,夏薇薇,达文西,林沐夏,
曼耶华,鲛人祭司,雨声

【特别道具】

夜明珠

圣石之潭

海水是一望无际的蓝,夏薇薇自从知道了鲛人将死的命运之后,总觉得看似温和包容的大海也是残酷的。

植安奎手上的天书上面内容越来越多,可惜却没有给大家任何更多的解释。

虽然水晶球的作用只是暂时的,可是他们谁都无法保证伤害了曼耶华之后,鲛人还会把水晶球友好地还回来。

他们悄悄潜入鲛人宫殿,打算伺机而动。沿着天书指示的方向,他们的眼前立刻浮现出难以置信的景象:原来鲛人真正的王国竟然在这里!

连绵一片的蓝色海葵,枝条上蒙着一层晶莹的浅紫光芒,轻盈透亮的海底生物在水中自由自在地游来游去,一座长长的珊瑚石桥延展到远方,上面沾着许多不知名的发光小鱼,它们时不时地聚在一起,稍微有个风吹草动,就倏地散开了。

夏薇薇忍不住去摸眼前柔软的枝条,凉凉的手感,真是美妙。植安奎注意到印在她小脸上闪亮的斑点,显得安宁又美好。

"请求鲛王召唤雨声·魔笛那波,取回夜明珠,还我鲛人安宁祥和!"一声苍老的呼唤传来。

夏薇薇吓了一跳,连忙压低身体,匍匐在地,植安奎按住她的脑袋,也扑倒在地上。

"还我鲛人安宁,还我鲛人安宁,还我鲛人安宁……"此起彼伏的声音席卷而来,千万个呼喊一波比一波响亮,"杀掉雨声·魔笛那波!还我鲛人安宁!"

夏薇薇周边海底树木的枝桠乱舞,泛着夺目的光芒。

她用力抬起头,植安奎下意识地松开按住夏薇薇脑门的手。巨大的海底中央,蹲坐着无数个鲛人,他们清一色的蓝色鱼尾,色彩深浅不一的蓝发在水里漂荡。美丽的荧光在他们周围盘旋,他们的五官深邃俊美,几乎没有一个露出老相。

高大的碧玉圣石上,曼耶华立于最高处,身边站着一个穿着繁复奢华的鲛人。此人要比曼耶华矮一个头,他凝神闭目,微动的嘴角似乎正在念着什么……圣石旁边站着四个拿着银色弯弓的高大鲛人,他们神色凝重,捍卫着鲛王。曼耶华沉思不语,白玉般光洁的脸上笼着一层阴影。他目光深沉,眼底暗流涌动,面对大家群情激奋的声讨,他忽地背转过身子,海水立刻翻卷出一道白浪。

圣石下的鲛人显然被鲛王的怒气吓了一跳,他们震颤不已的眼神中,写满了委屈。

全场顿时寂寥无声。

"他们要杀了雨声,哎,那女孩子真是可怜。"达文西胆战心惊,凑到夏薇薇耳边小声说。

"我们要阻止他们,雨声并没有错。"夏薇薇看了一眼身边的植安奎,认真建议道。

"这件事情说不清谁对谁错。"植安奎叹息道,他凝神注视着鲛人的情绪，生怕他们会一时恼怒，群起而奋战。

夏薇薇点点头，一边是鲛族人的生存繁衍，一边是雨声的生命，哪一边都很难取舍，毕竟生命无价。

"其实雨声不用死的。"林沐夏抬起眼睑，若有所思地说。

"你说什么？"植安奎锐利的目光盯住林沐夏。

"雨声小姐可以跟夜明珠分离，只要她变成鲛人。"林沐夏闭了闭眼睛，他淡静无波的眸子里闪过一丝犹豫。

"沐，你怎么知道这些？"夏薇薇惊住了，她难以置信地望着林沐夏。

"我小时候跟族人一起出海，经常听到大海上传来一阵阵悦耳的歌声。那时候我很好奇，船上一位很有经验的水手告诉我，那是鲛人的歌声；而且如果人类可以忍受双腿用鲛绡绑住，放在东海泉眼里浸泡，直到双腿粘连变成鱼尾，人就可以成鲛，如同脱胎换骨一般。"林沐夏缓缓解释着。

"好呀！"达文西想到雨声有救，不由得一阵欣喜，他一下子揽住了林沐夏的肩膀。

"只是……除非雨声的耳朵顺利蜕变成鱼鳃，否则夜明珠从她的身体脱离的时候，她会很快缺氧而死，水粒子只对人类有效，对双腿已经退化为鱼尾的人类是没有一点作用的。"林沐夏叹了口气，他环视大家一圈后说，"鲛族人肯定知道这个蜕变之法，他们一定是怕雨声忍受不了疼痛，说不定还会折煞了夜明珠的灵力，才想杀了她了事。"

"那……人变成鲛的成功几率有多大？"夏薇薇精神紧绷，有些结巴地问。

"很难成功，毕竟种族有别。当然雨声又是例外，她身体里有夜明珠，关键就是夜明珠脱离雨声身体的一刹那……很难说清楚会发生什么。"林沐夏温柔的脸上多了一些无奈。

"再难也要试试呀，要不然雨声就真的……"夏薇薇说不下去了。

"既然有救人的方法，大家就一起努力试试吧！"植安奎站出来说道。大家的意见得到了他的首肯，都觉得事情有了希望。

"鲛王若是再犹豫，只怕鲛族灭族之日就要来了！小爱殿下给我们发了通牒，要我们把水晶球还给它的主人，如今我们没有退路了，鲛人葬场已经尸体横陈，鲛人完了……"说话的鲛人声音苍凉，他跪在圣石旁边，掩面哭泣起来，哭声如此悲切，惹得他身后的鲛人纷纷啜泣起来。顿时海底亮起了盈盈的蓝光，闪烁在鲛人蓝色的发丝中。

夏薇薇被他们感染了，心里异常难过，她忽然明白鲛人果然是世界上最让人同情的种族，他们遇到阻碍的时候，会落泪哭泣，无论男女——这么美丽又软弱的生物，灭绝了岂不是太可惜！

"祭司大人！召唤雨声·魔笛那波！"曼耶华突然大声宣布，他猛地转身，英俊的脸上浮现出一种不易察觉的沉痛。

鲛人立刻止住哭声，夏薇薇这才注意到地面上突然多了很多碧蓝的滚圆珠子，发光的小鱼好奇地推着珠子，蓝光蔓延开来，如梦如幻。

一只发光的小鱼衔着一颗小珠子，游到夏薇薇眼前，它盯着夏薇薇的瞳孔看了半晌，竟然放下珠子，窜到了一片水藻里去。夏薇薇备感珍惜地捡起落在面前的珠子，心微微颤抖，这可是鲛人难过的眼泪，竟然可以凝结成这么纯粹透明的珠宝。

突然，一阵轻缓又哀愁的吟唱在水底响起，熟悉的大海的歌声——夏薇薇一行人吃惊地看过去，只见祭司大人高扬起头，他双手合十，一串银光从他的指尖发射出来，所有的鲛人都闭上眼睛，扬起优美的脖颈发出轻柔的歌声。

众人的歌声融为一体，海面上的银光逐渐放大，鲛人们纷纷扬起手臂，跳起柔和的舞来。他们手拉着手，鱼尾扫过满地的蓝色珠子，星星点点的光辉格外美丽。夏薇薇痴痴地望着眼前的一切，神圣又轻柔的鲛人之歌传到耳畔，她第一次真真切切地听到鲛人唱歌，不由得想起每次听到深海歌声时候觉得那么神秘又遥远，现如今……这一切就在眼前……

"仙女下凡……"达文西花痴地喃喃念着,他的眼睛里倒映出一片紫色的光辉。

夏薇薇顺着达文西的视线看去,只见头顶上的那片逐渐扩大的银色光影中缓缓降下一位紫衣翩翩的女子。她层叠精美的裙子被银光托起,淡紫色的长发四散开来,长长的睫毛轻合在眼皮上,半梦半醒。

曼耶华扬起俊美的脸颊静静地等着她落到圣石之上,他目光闪烁,脸色苍白,薄唇颤抖着,似乎女子越靠近他,就越痛苦一般……

"雨声·魔笛那波来了!雨声·魔笛那波来了!……"鲛人里顿时响起一阵狂喜。

曼耶华身后的大祭司扬起双臂,托起了她下坠的身体,把沉睡的她平放到圣石之上。

"杀了她,取出夜明珠!杀了她,取出夜明珠!"鲛人里的歌声戛然而止,他们扬起手臂欢呼着,发出阵阵嘹亮的呼号。

曼耶华蹲下身子,他修长的手指划过雨声光洁的面庞,眼底顿时氤氲起一抹暗色。夏薇薇紧张地攥紧手指,曼耶华不会真的要杀掉雨声吧?

"不可以再杀戮!"曼耶华突然站直身体面向大家,他的目光清澈又威严,面对哗然一片的鲛族人,他摊开双臂,有种君临天下的气度,"因为鲛人的过错使得无数人类的轮船沉陷在海底深渊,上天劈下惊雷炸碎了我们的鲛人神珠,天未亡我鲛族,赐予我们一双夜明珠,只可惜……"曼耶华的眼中突然燃烧起熊熊烈火,他大声喊道,"真正的叛徒是斯卡汀娜!是她偷走了我们鲛人的夜明珠!所有的罪都应该由她来承担!"

鲛人们吓了一跳,他们惊恐地望着曼耶华,纷纷缩起身子不敢吱声。斯卡汀娜是先王的王妃,没有人敢出言侮辱她,可是他们的新鲛王竟然把她说成是叛徒。

"祭司大人,放了他。"曼耶华闭上眼睛低声命令。

祭司微微诧异,他手指在半空中画了一个银色五星罗盘,只见银光中野栗恩胸口扎着一簇金箭,五花大绑地被捆在一颗蓝色的树上。鲛人祭司的手指用力往上一挑，金箭迅速向着无边的深海里飞去。野栗恩猛地睁开紫瞳，他的眸子波澜不惊，旋身幻化成一只黑蝶，翩然而去。

祭司双手合十，低声吟唱："鬼族暗闯我鲛族禁地，我族宽怀，释放鬼族之人，望上天开恩，降福泽于我族……"

夏薇薇一行人都惊住了，怪不得他们进了小石门后就再没有见过野栗恩，原来他被鲛人抓住了，赫特斯特之箭果然厉害！

"至于雨声·魔笛那波，没有我的允许，谁都不能碰她。"曼耶华满腔怒气，他最后看了一眼圣石上沉睡的雨声，猛地向着深海游去。

大祭司叹了口气，缓缓地摇摇头，跟着曼耶华潜水而去。

剩下的鲛人群龙无首，只好目光凄楚地四散游开。

夏薇薇知道这次的鲛人会议不欢而散，但是根本没有彻底解决问题。她突然灵光一闪，现在没有人打搅雨声，自己可以跟她谈谈。正准备游过去，只见达文西的衣服口袋里装得鼓鼓囊囊的，夏薇薇狐疑地望过去，可以看见一道道蓝光从他的衣服袋子里闪现出来。

"这些鲛珠他们自己不以为意，但是到了人间却价值不菲，所以我就顺便捡一些。"达文西干笑几声，摸着鼓鼓的口袋有些不好意思。他拉过林沐夏的斜挎包，不断往里面塞珠子，笑道："你也装点。"

林沐夏的眼底掠过一丝诧异，只好由着他。

夏薇薇和植安奎向着圣石的方向游去。被一片蓝光包围的雨声睡得正沉，夏薇薇凝视着她美丽的脸庞，雨声似乎有感应一般睁开眼睛。见到夏薇薇时，她惊了一下，旋即露出一抹会心的笑容。

"抱歉，我要去工作了，否则曼耶华会生气的。"雨声抬起手腕看看钻表，着急地就要起来。

"不，"夏薇薇按住她的身子，认真地盯着雨声，"曼耶华把你召唤到深海，并不是为了要你廉价的劳动力，他想要的是……你身体里的夜明珠，所以请你一定要认真听我说。"

"啊？"雨声惊叫道，脸色刷一下变得苍白。

植安奎站在一旁守卫着，他注意到海藻林中的银箭若隐若现，心想此地不是久留之地，于是立刻驱动红宝石，给夏薇薇和雨声结出一个小空间，向着深海游去。

浓密的海藻丛中。

雨声低着头，听夏薇薇给她娓娓道来夜明珠的渊源，以及鲛人对她的真实态度。她原本对世界充满单纯的念想，现在心里变得复杂沉痛起来。

"我知道了，如果杀掉我可以挽救鲛人，那也是好事，至少我为鲛人尽了一份力。"夏薇薇没有想到，雨声听到鲛人要杀掉她取出夜明珠，她竟然欣然接受，不由得大惊失色。

"你不能死去！只要你愿意，你可以活下来，那就是变成鲛人！"夏薇薇完全不知所措，她原本的主意是想让雨声接受自己的建议，尝试一下变成鲛人的方法活命，却没有想到雨声竟然这么消沉，完全不按她的计划来。

"变成鲛人又有什么好的？曼耶华也不会多看我几眼。而且万一变身失败，破坏了夜明珠，那我就有罪了。夏薇薇小姐，谢谢你为我着想。死亡本身就不是什么太可怕的事情，尤其是我的死可以拯救鲛族，那是值得的。"雨声的脸上惨然一笑，她抹掉脸上的泪水，说着就要离开夏薇薇。

这完全不对啊！夏薇薇急得直跳脚，大家一心一意地想让雨声活下来，可是却没有考虑过雨声对于生命的感受！

植安奎见雨声要回到圣石处，他伸出手臂拦住雨声，锐利的眸子扫过四周："让你活下来，不仅是我们的心愿，更是曼耶华的！"

雨声显然顿了一下，她不可置信地盯着植安奎，但是只是一瞬，她就垂下头带着哭腔说："你不明白，曼耶华大人看见我都烦，是我……是我硬是要赖在他身边，洗洗刷刷地帮些小忙，他一直都很不喜欢我待在海里……他讨厌我！"雨声说完，掩面哭着推开了植安奎的手臂。

夏薇薇完全没辙了，如果曼耶华想杀掉雨声，肯定早就动手了，要不然他干吗冒天下之大不韪非要留着雨声呢？这点雨声怎么就不明白呢？

"嘿嘿嘿……"正在一旁数着鲛人珠子的达文西突然发出奸诈的笑声，他十分妩媚地扭过脸，对着一筹莫展的夏薇薇和植安奎眨眨眼，"遇到问题的时候怎么可以忘记我呢？当年我可是经验丰富的大经纪人呀！"

夏薇薇更加沮丧了，达文西在这种情况下还要吹牛。

"过来！"达文西凑到夏薇薇和植安奎的耳边小声地说了几句话。

"不行！"植安奎听了，顿时涨得满脸通红，毫不犹豫地否决。

林沐夏疑惑地看着眼前鬼鬼祟祟的三个人，对达文西的一脸贼笑十分不解。

"你让这家伙去！"植安奎走过去，拉过林沐夏置于达文西面前。

"林沐夏虽然好，但是第一，他不会魔法，战斗起来防身能力太弱；第二，如果林少爷去的话，小爱那丫头知道了，一定会杀了我的！"达文西说得头头是道。

夏薇薇低头想了半晌，虽然不明白达文西为什么要出这种主意，不过看他信心满满的样子，心想可以试试，她看了一眼植安奎，就认真地说："你去试试吧。我们给你帮忙。"

"喂，你也希望我去啊？"植安奎气呼呼地盯着夏薇薇，他绝望地注意到夏薇薇郑重其事地点了点头。

成鲛术

跌宕起伏的海藻,可以看见一片晶莹的蓝光。

夏薇薇一行人藏在海藻丛中,偷偷打量着独自坐在圣石上的雨声,她一言不发,眼泪不断滴落到地面上。

"我们刚刚带走雨声的时候都没有人阻止,我猜曼耶华对我们抱有一丝希望。"夏薇薇经过一番思量,幽幽地解释。

"由此可以推出曼耶华就在附近守着雨声,所以我们的计策才能施行!"达文西颇为自得。

植安奎的脸色十分难看,他咬咬嘴唇,黑瞳里竟然有些不甘和幽怨。

林沐夏很同情地望着植安奎,无奈地耸耸肩,只希望植安奎运气好一点,不会被一直藏在暗中观察的曼耶华打伤。

"雨声小姐。"植安奎游到雨声面前,他怀里抱着一束扎好的海底红薇,目光极尽温柔地望着圣石上的雨声。

雨声听到有人呼唤自己，疑惑地扭头看着植安奎。

夏薇薇躲在草丛里观看着，远远地，她看见雨声收下了红薇花，还放在鼻端嗅嗅，脸上的笑容美得如梦如幻。

她看着植安奎对着雨声微笑，那种笑容是她从来不曾见过的，心里突然闷闷的，很难过……正在这时，她注意到植安奎对着雨声伸出手，雨声试探地望着植安奎，犹豫了一下，终于把手放到了植安奎的手心里。

"哗"的一声，雨声的衣裙在海底飞扬起来，植安奎顺势抱住了她的身体，一跃向着深海游去。

"他怎么可以走……"夏薇薇见植安奎要逃走，顿时十分着急，起身就要去追，然而还没有来得及站起来，手臂就被达文西狠狠拽住了。

"我的小夏薇薇，别冲动。"达文西劝她。夏薇薇只好忍住，可是她还没有缓过神，只听见一声怒喝。

"你要带着雨声去哪里？"海底突然迸射出一股强烈的蓝光，曼耶华蓝发飞扬，健美的身体灵活地摆动，他手里的银箭精准地瞄准了植安奎的胸口，蓄势待发。

"我……我要带她走，你们鲛人想要杀掉雨声取出夜明珠，这些我都听到了！"植安奎顿了一下，抱紧怀里的雨声，大声叫道。

"放开她！"曼耶华的俊眉拧在了一起，他手里的箭猛地绷紧，蓝瞳颤抖着，箭在弦上一触即发。

植安奎的脸色通红，抱着雨声就是不肯放，他暗自叮嘱自己要把握好一个度，一定要惹怒鲛王，否则所有的努力都白费了。然而他还没有想好下一步该怎么做，一簇银箭刺破水花朝他迅速飞来！植安奎抱着雨声很不方便，他只好驱动红宝石，错开银箭的方向，可是箭的回力仍然震得他胸口发痛。

"呃……"雨声忍不住小声呻吟，她的心碎了一地，万万没有想到曼耶华竟然会放箭，他应该知道银箭的威力……现在她的身体被箭的反冲力扯得生疼……胳膊肘火辣辣的，被咸涩的海水浸泡，更加痛了。

"你没事吧？痛不痛？"植安奎立刻反应过来，他连忙放下雨声，小心翼翼地捧起她手上的胳膊，脑海中不断回忆着达文西教他的话，"如果雨声被曼耶华弄伤，那就是极好的时机，一定要记得在她的伤口上吻一下，必将事半功倍。"

他知道雨声这点皮肉伤是不会有大碍的，本来以为抱住雨声就足够激怒曼耶华，看来要使他彻底坦白对雨声的感情还需要一点点推动力……算了……拼了……植安奎的脑子纠结成了一团，他闭上眼睛，嘴唇对着雨声出血的伤口，缓缓地低头吻下去……

"不要……不要……"雨声扬起泪眼婆娑的脸庞，意识到植安奎即将到来的吻，她小声拒绝着，敏感的手臂颤抖着，声音无力又悲哀。

夏薇薇的呼吸骤然加快，她眼睁睁地看着植安奎要吻雨声，他爱上她了吗？不可以！不可以！她在心底默默念着，脑子里早已乱成一团乱麻。

"你不舒服吗？"林沐夏狐疑地打量着呼吸急促的夏薇薇，温柔沉静的目光落在了她紧紧攥在胸前的手上。她很在意植安奎的举动，尽管她明明知道那不过是达文西安排的一场戏。

"没事，我没事。"夏薇薇慌乱地收回目光，对着林沐夏尴尬地笑笑，然而只是这一转眼，她就听见耳边水声阵阵，传来植安奎大声地呻吟……

夏薇薇的心猛地下沉，她迅速扭头看过去，只见曼耶华一手凌空抱着衣裙翻飞的雨声，横扫出去的长鱼尾还未及收回，一簇银箭已经对着躺倒在地的植安奎直射出去……

"蔷薇魔杖！"夏薇薇的脑子里只闪过一个念头，就是要不顾一切地帮助植安奎。她飞身出去，手里的蔷薇魔杖恰好撞在了银箭上，咣当一声，她的手上一阵彻骨酥麻，身子重重地撞在一块礁石上，蔷薇魔杖飞出去了很远，跌落在植安奎身边。银箭偏了方向，刺入礁石之中。

曼耶华的瞳孔猛地缩紧，毫不犹豫地拉弓对着跌落在地的夏薇薇射去。脸色苍白的雨声见状，用力地推了一把曼耶华，她大声叫道："我死前见到你还在乎我，就已经无怨无悔，莫说要取出夜明珠，就算要我粉身碎骨，我也愿意！"

曼耶华难以置信地望着怀里的雨声，只见她湿润哀伤的眸子里全是无怨无悔，竟然还展出一抹笑意。

"你……你是说……刚刚的一切都是一场戏？"曼耶华痛苦地看着眼神决绝的雨声，有力的手臂缓缓松开她纤细的腰身，他讨厌被欺骗。

"就是一场戏！"夏薇薇跌跌撞撞地站起身来，后背被礁石硌得很痛，她大口喘着粗气，扭头才注意到勉强站起身的植安奎嘴角竟然渗出血来，夏薇薇顿时气得浑身发抖，她努力定神说道："人类是可以变成鲛人的！就算是鲛王你也无法一辈子保护雨声，因为你的族人不会放过她，你为了让族人存活下去的使命也不会放过她，所以她的结局是必须死！然而雨声一点都不怕死，她甚至愿意为了鲛人去死！但是，你有没有想过只要雨声姐姐变成鲛人，夜明珠就可以从她身上分离出去，事情不就可以了结了吗？我们之所以演这出戏就是因为'成鲛术'需要极大的意念支撑，可是雨声根本就没有活下去的欲望，她所有的信心都来源于你，可是你又那么沉默生硬还有一点讨厌，所以我们才出了这个下下策！"

夏薇薇一口气把所有的想法都说了出来，一时间气喘吁吁，一点力气都没有了，身体软绵绵地正要往下坠，却被一双有力的手臂托了起来。

她恍惚地抬起眼睑，只见植安奎的嘴角还带着血痕，却扬起一个弧度，对着她温柔地笑："没想到你挺能说哟！"

"可是你刚刚对雨声姐姐那么好，甚至还要吻她……"夏薇薇忍不住小声抱怨，她从植安奎怀里直起身子，有点不情愿被他抱着。

"呼……我想你误会了。"植安奎有些尴尬，他重重地呼出一口气，故意装作喜欢一个人真是世界上最难的工作了。他回想起刚刚闭上眼睛打赌一般亲雨声，本来两个人都尴尬紧张到了极限，他就知道曼耶华一定会对自己下手，可是还没有反应过来，脸突然被愤怒的曼耶华飞扫过来的鱼尾巴打中，那种痛到骨髓的感觉，让他甚至直不起身来……幸好夏薇薇及时冲出来替他挡了一箭……想到这里，植安奎的心里突然生出一股暖意，目光久久凝视着夏薇薇的背影。

我才没有误会呢！夏薇薇气得嘟起嘴吧，植安奎明明就很喜欢美丽动人的雨声姐姐。

"大人，求求你让我变成鲛人！"雨声跪在地上紧紧拉着曼耶华的下摆，她双肩耸动，手指骨节发白。

曼耶华心疼地看着地上的雨声，他扭过头，长长的蓝色睫毛下，深邃的眸子泛起一阵波光。他当然知道"成鲛术"这种古老的种族蜕变之法，也犹豫着该如何保护雨声，但是他担心一旦"成鲛术"失败，那么雨声就有可能会死；而且变身的过程十分痛苦，不是一般人可以承受的，她本来就是人间的贵族小姐，娇弱的身体承受不起那么大的苦难……想到这里，曼耶华摇摇头，把雨声从地上抓起来，她的身体那么轻，就像一片羽毛，柔弱，不堪一击……

"你干什么？"突然曼耶华的眼前一道白色的冷光迅速闪过，雨声迅速退后几步，一柄金柄利刃已经架在了她的脖子上。曼耶华只觉得那一柄小刀刺在了他的心里，他一步一步地朝雨声走过去，心尖跟着发颤，"雨声，我命令你把它给我！"

"我这辈子只威胁你一次，这柄小刀是我父亲专门打造给我防身用的，我从来没有想过它第一次见到的血竟然是我自己的。大人，我活着如果无法拯救鲛人，又有什么意义？"雨声倔强地与曼耶华对峙，他越靠近，她就越往后退，秀美的脸上没有一滴泪水，话语里充满决绝。

曼耶华冷峻的脸庞上唇角抽动着，他的表情脆弱得像个孩子。他的人类母亲伊丽丝为了防止衰老，潜心钻研"成鲛术"，双腿仅仅裹鲛丝三日就全身溃烂，若不是鲛王塞涅卡揭下自己的鳞片为她疗伤，恐怕母亲早就活不成了。人类的脆弱他是亲眼所见，更何况眼前娇弱的雨声……可是那一柄小刀……他甚至可以看见刀锋挨近她白皙的颈子……丝丝鲜血渗了出来……

"鲛王，请让雨声·魔笛那波试试吧……"一片荧光闪过，鲛族人的祭司突然从天而降，他手里的权杖发出温润的光芒，双眼紧闭却给人透视万物的感觉。

"祭司大人，连您也……"曼耶华惊得半张着嘴，吃惊地望着这个素日跟他交流不多的大祭司，这么多年来，他是第一次听到祭司给他这么明确的指引。

"这是雨声姑娘自己的选择，你为何不试一试呢？"祭司说，"如果施行'成鲛术'，我将号召大家跳起祈福之舞，在关键时刻帮助雨声姑娘顺利完成人珠分离。"

曼耶华有些动容，鲛人的"祈福之舞"具有强大的灵力，有史以来也只跳过屈指可数的几次，多数都是鲛人犯了过错，触怒上天，才族人合力舞出一曲祈福避难。而如今，祭司大人愿意为雨声跳祈福之舞，那么雨声变成鲛人的概率就大大提升了！

曼耶华的心跳骤然加速，他几乎感到一阵前所未有的狂喜和希望……如果鲛族重获夜明珠，那么一切都会好起来，他肩上担负的使命就会减轻……鲛人又可以自由自在地跳舞、唱歌……就连死亡都变成最美的泡沫，在第一抹朝霞中飘散……

咣当一声，雨声手里的匕首脱落在地，她颤抖的眸子认真地望着曼耶华，一字一句地说道："如果我变成鲛人，请你娶我……请你娶我……我就是抱着这个信念努力活下去的！"

大海之中是一阵长久的沉默。

夏薇薇和植安奎几乎是精神高度紧张地盯着曼耶华，期待着他说好，可是他像是被冻住一般，一语不发。

"嗯。"曼耶华终于冷冷地应了一句。

嗯？只有这么简单的一个字？

夏薇薇总觉得没听过瘾，难道说一生一世的承诺就这么简单"嗯"一下就结束了？可是她无意间对上雨声的脸，只见雨声笑靥如花，双手抵在胸口开心得一颤一颤的。等她再仔细看，却发现雨声笑的时候是带着眼泪的，她其实是在哭……夏薇薇这才明白，曼耶华的一句"嗯"，其实就是一辈子。

第 8 章
不悔之船

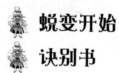 蜕变开始

 诀别书

【出场人物】

夏薇薇，曼耶华，鲛人侍女，鲛人祭司，雨声，
龟大人，达文西，植安奎，林沐夏

【特别道具】

木偶线

蜕变开始

圣水池边。

夏薇薇第一次明白原来男子是很善妒忌的,自从上次植安奎送了一束海底红薇给雨声,曼耶华瞧这种花就格外不顺眼,随便招招手就找来了一大批鲛人——他对待族人也是一副冷冰冰的样子——吩咐撤走红薇花,在圣水池边全部摆上黄水仙。鲛人的女子熟谙插花之道,不一会儿,黄水仙就摆好了。夏薇薇原本也想帮帮忙,可是她的手跟鲛人女子比起来,实在是笨拙了些,只好闲在一边看着大家忙活。

雨声对夏薇薇十分有好感,对曼耶华嚷嚷着要夏薇薇陪着她疗养,反正夏薇薇是要在这里等着拿水晶球,而鲛人的夜明珠没拿到手,是万万不会把水晶球还给她的。夏薇薇这才发现其实雨声骨子里还是有种贵族小姐气的,要不她怎么就不问问自己是不是愿意守着她,就硬是要求自己陪她。夏薇薇本来不太想去,但是碍于雨声的请求,她又不得不妥协,然而此时她觉得自己就跟一个大电灯泡一般,十分不自在。曼耶华的性格本来就古怪，加上他本身对夏薇薇就有一种敌意，只是碍于雨声的面子没有爆发出来……夏薇薇也懂得明哲保身，总之能避开风头就避开好了。

祭司大人对于曼耶华一开始就要清扫圣水池的行为保持缄默，他的嘴巴嘟嘟囔囔地在念些什么密语，夏薇薇一个字都听不懂。

"雨声，你准备好了吗？"曼耶华选择与祭司大人合作，亲自帮助雨声绑住双腿。人的腿若想幻化成鲛人的鱼尾，她的双腿血脉必须相连，不能出一点差错，否则腿上血脉不通，就会导致最终生出的鱼鳍上长有脓包，不仅仅如此，稍微一动就会有撕心裂肺的痛楚的鱼尾也派不上用场。

雨声做深呼吸，用力点点头。

夏薇薇缩手缩脚地站在一旁，她看着鲛族人织出的最上乘的鲛绡，它泛着天然的浅蓝光泽，无论是触感还是弹性，都是最好的！而如今这块鲛绡是要裹在雨声的双腿上的。氤氲的圣水池冒着白气，曼耶华先让雨声潜水下去学会自然呼吸，雨声刚开始不适应，总是呛着，后来曼耶华干脆下水陪她一起练，她才渐渐适应了圣水池里更加黏稠的水。

"鲛王，你可以上来了。"祭司原本冷眼旁观曼耶华，后来见他久久无上岸的意思，于是只好唤他。

夏薇薇见不可一世的鲛王灰溜溜地上了岸，觉得很好笑，但是她忍住了。

"鲛族的祖先在上，如今鲛族面临大灾难，为保佑我鲛族安宁，请上天保佑'成鲛术'顺利施行……"鲛族祭司对着圣水池的穹顶行了三个大礼，这才挥舞着大法杖在半空中画着不同的符号。

雨声闭上眼睛，身体恰好露出水面，两条美玉一般细腻修长的腿在水面上浮起，祭司猛地一挥权杖，岸边的鲛绡就翻卷着裹在了雨声的双腿上。曼耶华怕她痛，连忙走过去想要抚摸她，不想他的手还没有来得及触到雨声，祭司已经挥出一抹蓝光打在了曼耶华的手上。祭司富有穿透力的声音显然有些不悦："鲛王若是一开始就对雨声有怜悯之心，只怕最后会事倍功半。"

曼耶华这才意识到自己过于着急了。他关切的目光注视着脸色苍白的雨声，看到她一点也不哭叫，甚至还面带微笑，更加感觉不放心。

"我很好,时间长就适应了。"雨声柔声劝他,强忍着双腿被紧紧勒住的灼热感,而且鲛绡越来越紧,直到把她的腿缠得严丝合缝,血液停止流动为止。

曼耶华听了她的话,才小心地把她整个人放进圣水之中,隔着一层透明的水波,雨声微有些朦胧的脸看起来美丽极了。

"鲛王,请您离开。"祭司大人冷声道。

曼耶华的眼底闪过一丝不悦,却又无可奈何。他走到夏薇薇面前,冰冷的目光落在她脸上,大手突然抓住夏薇薇的肩膀,压低声音道:"你要照顾好雨声,若是她有个三长两短,我就让你为她殉葬。"

什么?!夏薇薇听了气得火星直冒,曼耶华这是什么意思?雨声是他心爱的女孩子,那么她也是"彩虹之穹"最受宠爱的夏薇薇公主,什么叫作殉葬?她似乎也没有义务看护雨声。突然她想起小爱说过的话,圣水池与曼耶华的生命是连在一起的,哼,她的小脸上顿时浮现出一抹恶作剧的笑容,对着圣水池被砸碎的一角狠狠地踹了过去。

"呃……"曼耶华立即松开夏薇薇的肩膀,他的俊眉顿时拧在一起,往后退了几步。他注意到夏薇薇颇有些得意扬扬的神色,摇起鱼尾就要向她冲过去。

"曼耶华,我可一点都不怕你,你要是敢和我作对,我就用魔法棒每天在这块碎石上狠狠敲几下,让你痛得睡不着觉!"夏薇薇立刻幻化出蔷薇魔杖,对着圣水池就要敲。

"住手!"曼耶华湛蓝的眸子狠狠盯着夏薇薇。没有想到她的鬼点子竟然这么多,他不过是说一句气话,想她好好照顾雨声,没想到竟然就把她惹怒了。那一脚踹到他的伤口上,令他痛彻心扉。

"鲛王,您请回吧,这里一切有我。"祭司大人轻声叮嘱。他心里暗自发笑,这么多年来,夏薇薇是第一个把性格多变又易怒的鲛王气得不知如何是好的人。

曼耶华白了一眼身边的祭司大人,目光又气愤地扫过夏薇薇,这才落到泉水之中闭上眼睛等着蜕变的雨声身上。原本烈焰重重的眼睛只是一瞥，就马上变得温柔又深沉，简直判若两人。曼耶华有些不舍地游出圣水池大门，临行前他在祭司大人耳畔小声叮嘱了一番。

等到曼耶华彻底消失，夏薇薇才走到看起来十分神圣的祭司大人面前，试探地问："刚刚曼耶华在你耳边说了什么？"

"夏薇薇公主，我替鲛王的莽撞向你道歉。"祭司睁开眼睛，澄澈的眸子忽然给人一种看透人心的锐利，惊得夏薇薇都不敢跟他对视。

"你怎么知道我的身份？"夏薇薇还是忍不住小声问。

"你是天族的人，我既然有通灵之术，自然一眼就可以把你看穿。"祭司大人笑得云淡风轻。他缓缓游到圣水池旁，低头念着夏薇薇听不懂的古老语言，只见水面突然变得混浊，雨声的五官也看不清楚，只能模模糊糊地看到一片紫雾。

夏薇薇吃惊地用手摸摸水面，厚厚的圣水池面像是结冰了一般，又冷又硬，冰面上还十分粗糙，这时候她猛然注意到水底的紫雾开始剧烈挣扎，雨声的手指甚至在冰层上抠出了几道抓痕。

"祭司大人，雨声好像在挣扎，为什么要把水面冻起来啊？"夏薇薇急得直敲冰面，盯着处变不惊的祭司大人惊恐地问。

"降低温度可以避免她腿上的伤口发炎，也免得她忍不住痛苦从水面钻出来，那就功亏一篑了。夏薇薇公主，我既然亲自来助雨声姑娘变成鲛人，自然要做最周密的安排。"祭司大人对着夏薇薇礼貌地点点头，用手指在冰面上点了几个蓝色的点，果然水底的雨声就安静下来，不再挣扎。

夏薇薇似懂非懂地退到了一旁，想必鲛人的祭司也不会拿鲛族人的命运开玩笑，她更加不能干涉，于是只好拿出蔷薇魔杖，细细地端详一番以打发时间。

不知道过了多久，祭司大人才停下来，然而他刚刚结束作法，整个人就瘫倒在地，无力地昏了过去。夏薇薇急得过去扶他，担心是不是祭司大人太过于辛苦所以累倒了，又不知道该用什么给鲛人补充体力，当时吓得哇的一声就大哭起来。

"公主殿下,我没事……休息一下就好了。"祭司大人轻轻地拍着她的手,柔声安慰。

夏薇薇这才抹了一把眼泪,把祭司大人的头放到一块大石边,让他舒服一点。

"鲛王临走前要我阻止你碰圣水池的缺口,他怕痛。"祭司说完笑笑,便闭上眼睛沉沉地睡了过去。

还在委屈的夏薇薇扭头看圣水池缺掉的一角,心想曼耶华也是个胆小鬼。

正在这时,水底发出"簌簌"的声音,夏薇薇好奇地看过去,顿时眼睛亮了起来。

两个鲛人侍女合力端来了一大案食物,银质托盘上摆满了好吃的海鲜。她们十分有礼貌地把食物放到夏薇薇面前,低头就要游出去。

"等一下,请你们不要走,我一个人待在这里好闷,你们跟我说说话吧?"夏薇薇开心地招呼她们过来一同进餐。

两个鲛人侍女犹豫了一下,还是留了下来,她们有点害羞,大眼睛好奇地打量着夏薇薇的双腿。

"我是用双腿走路的,这点跟你们不大一样,我是人类,而你们是鲛族。"夏薇薇大大方方地露出两条腿,解释着。

"@@3##%……"两个鲛人侍女互相交谈了几句,完全是夏薇薇听不懂的语言,她们的目光久久地停在夏薇薇的脸上,脸上不断闪过一阵疑惑的神色。

难道说鲛族也有自己的方言?可是她一句都听不懂。

"你们可以听懂我说话吗?"夏薇薇本来想叫祭司大人一起吃饭,但是见他睡得正沉,就没有打搅。

两个鲛人女子迅速点点头,脸上是诚惶诚恐的表情。

"别怕,我不会伤害你们的。我问你们几个问题,你们尽管回答我就好了,知道就点头,不知道就摇头,好不好?"夏薇薇有点沮丧,不过她还是打起精神跟鲛人女子交流。

她们有点犹豫地点点头。

"我的朋友们还好吗?他们有这些东西吃吗?"夏薇薇指指面前的食物,问道。

鲛人女子点头。

夏薇薇比较满意,至少植安奎他们不用饿肚子——不然那个难伺候的大魔王肯定又要暴跳如雷——不过她在其中一位女子的眼神中捕捉到了一丝躲闪,心里顿时一惊,难道她们在骗她……

夏薇薇刚刚准备再问,突然面前的两位鲛人女子惶恐地匍匐在地,弯着腰缩着脖子,浑身发抖。

"你们都下去吧,她不是斯卡汀娜王妃,你们认错了。"祭司大人的声音突然响起。

两位女鲛人眉间的恐惧顿时消失不见,她们对着祭司大人绽出一抹笑容,甚至对夏薇薇都友好多了,两人手拉手从小石门游了出去。

夏薇薇仿佛被电了一下,脑子乱成一团。怪不得她感觉两位鲛人对她有种疏离感,难道说她的相貌跟背叛鲛族人的斯卡汀娜王妃有几分相似?这个世界长相雷同的人实在太多了,不过也没什么不好的,至少她凭借着这张脸躲过了塞涅卡的赫特斯特之箭。

"你的朋友都很好,他们都去了小爱殿下的宫殿里,等着取走你们的水晶球。对于鲛人对您的冒犯,我深感抱歉。"祭司大人坐到夏薇薇对面,面带愧色。

"请你千万不要这么客气。将心比心,如果我的族人面临危险,我也会不顾一切地想办法救助大家的,不过幸好现在我们还有机会化解鲛族的苦难,这是好事一桩。"夏薇薇丝毫不在意,想到不久以后事情都会好起来,她不由得乐得眉眼弯弯。

祭司大人突然垂下头,他叹了一口气,不再多说什么。可是他心里很清楚,"成鲛术"还需要一种最为重要的灵物——仙人之血!

诀别书

　　夏薇薇去陪伴雨声之后,其余人的日子顿时变得无聊起来,虽然鲛人每天都会送来好吃的食物,但是干等实在让人着急。林沐夏不断被小爱殿下邀请去玩,植安奎却板着一张脸生闷气。自从上次他假扮喜欢雨声之后,夏薇薇就一直跟他斗气,上次雨声邀请夏薇薇陪她的时候,植安奎本来也提议过去,但是没想到夏薇薇竟然一口否决了,根本就是一副想要把他撇开的不耐烦的样子。

　　达文西倒是过得有滋有味,鲛绡成了他发挥自己潜力最好的布料,他仿照着海底生物的天然姿态,设计出了好几款精美的女装。然而美中不足的是,因为海底的鲛人女性都是鱼尾,小爱又年纪太小,因此他比较缺乏可以穿裤子的女模特。

　　这天,林沐夏刚刚从小爱那里回来,达文西就嚷嚷着要林沐夏当模特,可是林沐夏实在不喜欢穿女装,不断地婉拒达文西。植安奎黑着一张脸,对他们弱智的争执丝毫不予理睬。他越发清晰地认识到,他一天都离不开夏薇薇，几乎每时每刻都在担心她会不会出事……当惯了守护者真是一个悲剧！

"你们的信。"龟大人背着大龟壳摇摇晃晃地来到了三个男人的卧室里，他的眼睛亮亮的，把信往玳瑁茶几上一放，接着对林沐夏伸出乌龟爪子。

林沐夏很会意地把金子放到他掌心里，礼貌地笑笑。

"龟大人，你不怕被小爱殿下骂？小爱殿下明明要我们免费住在这里，你却天天找我们要钱。"达文西盯着裁剪好的衣服，有些不满地抱怨。

"我又没找你要！"龟大人拿到钱，吧啦吧啦地游出门去。

植安奎只是看了一眼信封上面的字迹，心头不由得一颤，连忙拆开信封，从里面掏出一块白色的鲛绡。植安奎迅速地扫了一眼，心顿时沉入谷底。

"谁写来的信？"达文西见植安奎面色苍白，连忙放下手里的活计，从植安奎手里拿过绡。绡上是娟秀的字迹，他心头一喜："夏薇薇给我们来信了，她还真是怀旧，竟然传绡书。"

伙伴们：

　　回想起大家在一起的日子，我百感交集，直到今天我才知道自己想要什么。陪伴雨声的这些日子，虽然看着她在变成鲛人的过程中十分痛苦，替她担心，但是我有幸在鲛人的圣水池边获得滋养。我的心脏不好，上次痛过一次，多亏鲛人的祭司大人救了我。每一天都会有人拿美味的海鲜招待我，生活变得越发美好。

　　我不得不说的是，植安奎你总是很自以为是，对于自己盲目自信，其实我打心底里很讨厌你，而你故意跟雨声假戏真做，我心里有种被你抛弃的感觉，不过也好，我早就想甩开你了……

还有达文西，当年你做我经纪人的时候，我就很有意见，明明是个男人，却打扮得跟女人似的，这样子让我很丢脸！现在我只好坦言，只希望你以后可以改掉这种坏习惯。

达文西无限同情地看了一眼情绪低落的植安奎。夏薇薇这丫头也太狠了，真是够打击人的。他继续往下看去。

"小夏薇薇怎么可以这么说我？她不是挺喜欢我的吗？呜呜……我一直以为我在她心目中是很美好的形象呢，原来……"达文西的眼泪马上就泛滥了起来，他的手不断颤抖，连绸都拿不稳了。

"夏薇薇都说什么了？你们不要激动，这里面一定有误会。"林沐夏着急地在一旁劝说他们。

达文西抽搭着把信递给林沐夏，他掩住脸庞："小夏薇薇的几句话伤着我的心了。"

林沐夏接过信，他难以置信地看着信里的内容，刚刚开始还替植安奎和达文西打抱不平，猛然间他看到了夏薇薇写的关于自己的评价：

　　沐，在我心目中你是很善良的人，但是你有致命的弱点，就是骨子里不够坚强，总是摇摆不定。所以我觉得你就是个懦夫，而且你什么都不会，对我来说就是负担。

　　我想了很久，我们是时候分开了。"彩虹之穹"不久就会召唤我回去，而我也会乖乖地待在那里，过我自己想要的生活。

　　朋友们，和你们在一起的日子很愉快。再见了！蔷薇劫难还在继续，我也不知道我的身体可以撑多久。希望你们可以齐心协力，争取化解蔷薇劫难。

夏薇薇奉上

屋子里顿时陷入一片死寂。林沐夏颓然坐在身后的凳子上，他淡然沉静的脸变得苍白，半张的嘴唇颤抖着：夏薇薇怎么可以这么狠心！

"都是我，给植安奎出了馊主意，害得夏薇薇误会……"达文西一把鼻涕一把泪。

"她早就这样想了吧！上次的事情她也同意了，不是吗？如今又说这样的话！没关系，我会躲得远远的！再也不会骚扰她的生活！"植安奎猛地站起身来，心痛到了极点。一直以来，他都是以夏薇薇为中心活着，尽管会骂她，会嘲笑她，但是那些都不过是他嘴硬罢了。如今看来，他的不可一世，他的盲目自信完全是被她嗤之以鼻的！

"我想我们有必要亲自问问夏薇薇，我觉得这里面一定有误会。"林沐夏还是勉强支起身子，他透过起雾的视线，望着大家，心里却黯然神伤。他一直在摇摆不定，他不会魔法，在这次冒险的路上，夏薇薇说的没错，他确实是个负担。

"我们证明给夏薇薇看吧！没有她我们也可以活下去，并且成功破解蔷薇劫难！"达文西突然抬起头，他一直担心夏薇薇会在意他有点怪异的癖好，没有想到看起无忧无虑的夏薇薇内心真的是很在意的！

植安奎的黑瞳颤抖，达文西的建议并不是完全不可行……可是他还是不甘心……

"我们去找小爱殿下，让她帮我们占卜，我想听听她的意见。"林沐夏仓皇地走出门去，面如死灰。每个人身上最致命的弱点全部毫无保留地曝光在眼前，这种感觉简直糟透了，尤其是出自夏薇薇的口中。

植安奎和达文西见林沐夏出去，两人再也坐不住了，他们一起向着鲛人的圣水池方向走去，一定要向夏薇薇问个清楚，她的做法实在太莽撞了，散伙从来都不是一个人的事情！

鲛人葬场依旧臭气熏天。一路上，他们并没有受到太多阻碍，可是小石门是他们不敢挑战的，那把金色的赫特斯特之箭的威力无人能抵抗。他们还记得野栗恩被钉在柱子上的画面，现如今还不知道他的去向。

"小夏薇薇，你出来！你给我们写的信是什么意思？小夏薇薇，你必须要给我一个交代！"达文西在小石门外梨花带雨地又吼又叫。

植安奎静静地站在一旁，他的拳头握紧又松开，胸口窒息着很难受。

"小夏薇薇，你念在我们相处那么久的分上也要见我一面啊！你要是不喜欢我的女装我可以换，以后不穿不就好了吗？"达文西扑在石门前，呜咽着。

"达文西，你怎么这么没出息！"植安奎愤愤地看了一眼达文西，他迈开脚步打算硬闯进去，就算被箭射死，也总比不明不白地被抛弃强很多。

吱——

石门缓缓裂开了一条缝。

植安奎的脚步不由得顿了一下，他深邃的眸子盯着从石门里走出来的那个熟悉的人，嗓子像是被什么堵住一般，哽着说不出话。

夏薇薇穿着她最爱的粉色公主裙，长发搭在胸前，可爱的小卷衬托出她精致的脸颊，长长的睫毛耷拉着，看起来有点无精打采。

"小夏薇薇……"达文西本来还气夏薇薇，可是不知为何，他一见到她，心里郁积的情绪顿时消失得无影无踪，只是喃喃地说，"我们一起走吧，大家都很关心你，你说的那些意见我们都会改的。"达文西抓住身边植安奎的袖子用力拽了一下，想要他随声附和。

"那封信你们都看了吧？"夏薇薇抬起眼睑，她的黑眼圈看起来很重，说话的语调也怪怪的，不过她的一举一动还是十分眼熟，包括她下意识地抬起手蹭蹭下巴的动作。

"夏薇薇，你真的就那么讨厌我吗？"植安奎看她有点不耐烦，只想冲到她面前问个究竟。

"你还想让我说第二遍吗？"夏薇薇反问，她的脸色更加晦暗了。

见植安奎直接愣在原地，她猛地从背后掏出几张黄色的船票递到植安奎面前冷冷地说："我身体越来越不好了，你们大家乘坐'不悔之船'直接到岸上去，然后去黑沙漠寻找破解蔷薇劫难的方法，这是我最后可以为你们做的事情了。今天晚上没有人把守鲛人的泉眼，你们趁机把水晶球抢过来，然后就可以出发了。记住，坐上这艘船之后千万不能回头！"

夏薇薇说完转身就要进小石门。

"我们一起走，夏薇薇我们一起走。"植安奎突然大声叫着，他一把抓住了夏薇薇的手，她的手好冰！

"别勉强我好吗？每个人都有权利选择自己的生活。"夏薇薇怔在原地不动，可是声音依旧不带一丝感情。

植安奎像是被狠狠撞了一下，颓然松开夏薇薇的手，沉重的石门缓缓合上了。

"小夏薇薇……听植安奎的，我们一起走！"达文西贴在石门上苦苦哀求。

石门内。

鲛人的祭司大人收回木偶线，他的脸上满是汗水，深沉的目光望着昏倒在地的夏薇薇。为了鲛人的命运，就算是要得罪"彩虹之穹"的国王，他也要试一试。这些天来，夏薇薇吃的食物都有毒，因此他可以控制住她。

圣水池里冰已经开始裂缝，再过不了多久，夜明珠就会从雨声的身体里分离出来，到时候就是夏薇薇清醒之日。只是她的朋友们，祭司大人唯一想到的办法就是立刻把他们送出去，那封信也是他操控着夏薇薇的手一笔一画写的……

等到冰破之日，就是夏薇薇血染鲛族之时……

第9章
祈福之舞

 深海迦楼罗
 前往黑沙漠

【出场人物】
达文西，植安奎，林沐夏，夏薇薇，
野栗恩，曼耶华，鲛人祭司，雨声

【特别道具】
夜明珠

深海迦楼罗

失魂落魄的植安奎和达文西回到住处,他们手里紧紧地攥着三张"不悔之船"的船票,不发一言地坐定。

林沐夏拖着沉重的脚步走了进来,他看着同样神情沮丧的伙伴,就知道他们一定碰壁了。

"小爱殿下怎么说?她怎么预测的?"达文西仿佛见了救星,拉着林沐夏急忙地问。

"她说……"林沐夏目光躲闪,回忆起小爱见了这封信时那种惊愕的表情,他心里就难受。他抬起眼睑,望着达文西:"小爱说,'怎么可以这样抛下同伴?真是笨蛋!'她说完就掩上大门,把我轰出来了。"

"按照夏薇薇的心意,我们去黑沙漠吧!"植安奎的眼睛骤然亮了起来,他猛地站起身来,大步向着门外走去。

鲛人的泉眼。

三人偷偷潜入泉眼之中，没有想到透明的水晶球已经变成了灰色，植安奎驱动魔法，几乎是不费吹灰之力就拿到了水晶球。他们三人刚刚出门，就看见了碟形的小船停在泉眼门口，船头刻着"不悔"二字。

他们把船票塞进一个自动接票的石头里，船发出吭吭的噪音，一道巨大的水花响起，植安奎三人的身体被卷入狭小逼仄的船舱中。

突然，一阵熟悉的鲛人之歌传到了耳中，他们身后的浪花不断翻滚出巨大的水声，似乎有一大批人马在逐步逼近。

"不要回头！"林沐夏扳过达文西忍不住要往回看的脸，认真地盯住他，虽然他也迫切想要回头看个究竟。眼下这小船实在太诡异了，上船是被浪花卷进去的，而且整个猩红色船舱里竟然一位别的乘客都没有，更加奇怪的是这只船里还冒着丝丝热气……船舱软软的，摸起来还有点黏黏的……

突然，植安奎怀里的天书亮了一下，他连忙翻看起来，只见下面慢慢地书写出一串字：

夏薇薇公主终于被抛弃了，她的血将会洒在鲛人的圣水池中……

植安奎的心猛地一沉，他更加贴近天书确认，心脏狂跳，没有错，夏薇薇的血会洒在圣水池中……那么……植安奎猛地抓住林沐夏的衣领，大声问道："小爱殿下到底对你说了什么？"

"好像是……"林沐夏被植安奎的举动吓了一跳，他努力回想着，这才喃喃地说，"'怎么可以这样抛下同伴？真是笨蛋！'这是她的原话。"

"'笨蛋'指的不是夏薇薇，是我们，是我们啊！"植安奎猛地弯下腰，修长的手指插到黑发中，他的声音充满了压抑着的沉痛。天书突然掉在地上自燃起来，达文西惊了一下连忙用脚去踩！

林沐夏疑惑地盯着植安奎，难道说哪里出问题了吗？

"夏薇薇被人控制了，那封信并不是出自她之手。敌人就是要我们互相揭短，然后丧失对彼此的信任。夏薇薇不是那样忘恩负义的人，不是吗？可是我们都信了！"植安奎大声叫着，他在船舱里来回踱步，烧尽的天书冒着青烟，植安奎的瞳孔猛地一亮，开心得心花怒放，"天书被烧毁了，那就是我们还有机会去改变命运！书上的最后一句话是'夏薇薇公主终于被抛弃了，她的血将会洒在鲛人的圣水池中……'，我们快赶回去，把夏薇薇救回来！"

轰的一声，一堆黄色黏稠的液体顿时把植安奎从头到脚地淋了个遍，一阵酸腐味道刺入鼻息。达文西和林沐夏听到声音，也跟着扭过头去，黄色的液体瞬间卷起他们的身子，向着无边的黑洞里坠落下去。

夏薇薇说的不要回头……

植安奎这才猛地顿悟，他立刻驱动红宝石，强光照耀着四周，咚咚咚跳动的红色心脏近在眼前，还有不断膨胀又缩小的肺……难道这里是……植安奎大惊……这明明是某种庞大动物的肚子！他们被吃掉了！

旁边是达文西和林沐夏惊恐的尖叫声，黄色的液体有着极强的腐蚀能力，三人感到皮肤灼烧般的痛！

"破！"植安奎大呼，猛地跳到动物的心脏处，把速度惊人的红宝石推入怪物的心脏，嗖嗖几声响，怪物的心脏被打了好几个洞，热血如同泉涌纷纷洒下来。植安奎灵机一动，他驱动红宝石之光，变成绳索把林沐夏和达文西扯过来，置于如柱的热血之下，清洗掉他们身上的黄色液体。

"不好！"植安奎大惊，怪物的心脏竟然自动愈合了！他的双手又拉着达文西和林沐夏，一时间躲闪不及，一根粗壮的黑色利刺猛地向他飞来。植安奎用脚猛蹬怪物的心脏，借助弹力躲开几尺，可是急速的利刺还是划伤了他的大腿，钻心的痛传入心扉，鲜血顿时喷涌出来……紧接着又是一根发着黑光的利刺……

哗的一声，接着是一声少年巨大的呼喊！

原本暗红的世界突然进入一道蓝光，汹涌的蓝色海水滚滚涌入。无边的光影中，植安奎可以看见一个单薄的黑衣少年双手握住一把黑蝴蝶剑，用尽全身力气纵身往下跳去。怪物嘶吼着，疯狂地挣扎起来，植安奎拉住绳索，在怪物的肚子里撞得鼻青脸肿。光影越来越大，海怪鲜血四溅的肚皮被割成两半，巨大的身躯跌跌撞撞……

野栗恩跳到远处的一块空地上，不断大口喘气，他的黑色衣衫破裂开来，露出血肉模糊的身体。

植安奎竭尽全力猛地挥舞绳索把达文西和林沐夏带出怪物的肚皮，自己也借助惯性飞身出来，他撕下魔法袍的衣角，绑住出血的大腿。

轰隆一声，怪物像山一般轰然倒塌，海底被它弄浑了，大家的视线变得模糊起来。

突然，植安奎注意到野栗恩像一只飞不动的黑蝴蝶，直直地往下坠去。

他不由得大惊，连忙飞身过去，野栗恩的灿紫瞳孔骤然放大，他沙哑的声音努力叫着："海底迦楼罗死亡前的利刺……小心利刺……"

海底迦楼罗，传闻中的海底怪物！杀伤力更是惊人！

植安奎猛地反应过来，他感到脊背有一股至阴的风直逼过来，连忙抱起地上的野栗恩翻身而起。

黑色的巨大利刺撞击到一块礁石上，石头顿时被炸碎了。

他再次睁开眼，却不见了野栗恩的影子，正欲寻找，骇然发现海中竟然飘着一只翅膀破损的黑蝴蝶，它奄奄一息，根本飞不起来……植安奎好奇地用手托住它，黑蝴蝶立刻倒在他手心里，一动不动。

"天啊！竟然是这么大的怪物！呜……真是吓死了！"达文西连忙洗净身上的黄色液体，裸露在外的胳膊和脸上被烧成了红红的一片。

林沐夏也极为疲惫，他注意到植安奎聚精会神地盯着手里的黑蝴蝶，小声提醒道："把它交给我来保管吧。我们要去救夏薇薇。"

植安奎锐利的目光扫过林沐夏的脸颊，立刻把黑蝴蝶放入林沐夏手里的玻璃瓶里，转身向着圣水池的方向奔去。

阵阵鲛人之歌在深海回响，跌宕起伏，这次的歌声跟以往的格外不同，温婉中带着强烈的激奋！

　　大家惊讶地望着狂涌跌宕的海水，一群又一群的鲛人蜂拥而至，向着小石门方向奔去，他们的表情极为振奋，如同即将赴死的战士。队伍里甚至还有抱着婴儿的妇女，更有身体已经开始腐烂跌跌撞撞的病弱残躯。可是他们虽然头发枯槁，面色发青，但是脸上的表情却十分振奋！

　　"让我们大家共舞祈福，拿回鲛族的夜明珠，还我鲛族清明，为了子孙后代，为了我们的妻儿父母，为了艺术，为了荣誉，为了死亡之后最纯美的泡沫……让我们共跳祈福之舞……"大海中响起洪亮的号召声，众多鲛人闻之纷纷悲泣，跟着大声重复起来。

　　"为了子孙后代，为了我们的妻儿父母，为了艺术，为了荣誉，为了死亡之后最纯美的泡沫……我们共跳祈福之舞……"

　　"要快！祈福之舞跳起来的时候，就是夏薇薇的鲜血洒落圣水池之际！"植安奎大叫着，可是他在鲛人的队伍里挤着，根本跑不快。他干脆驱动红宝石加快速度，用力推搡着身边的人，急速奔跑起来。海水灌入他的耳朵，他也浑然不觉……要快……要快……

前往黑沙漠

圣水池的门前。

植安奎从来没有见过那么悲惨的画面：衣衫褴褛的鲛人孩子，瘦骨嶙峋，因为海底氧气不足而变得青紫的面庞，因饥饿而凸出的眼球中迸射出癫狂的目光，那是对生的希冀和对死的恐惧。

成年鲛人不断地向小石门挤进去，原本就奄奄一息的病弱鲛人被挤死在门前，不断有鲛人搬动他们的身体扔到旁边恶臭得令人窒息的鲛人葬场，等着他们的尸体腐烂。病菌在水底肆无忌惮地蔓延，再去感染其他的鲛人……他们的发丝粘连成块，再蓝的海水都无法使它们漂散开来，细瘦的肩膀上全是血痕，溃烂的伤口流出脓液……有的鲛人皮肉已经被蹭掉，可是他们还是浑然不觉地往小石门中挤去……仿佛到了那里就可以生存下去。

植安奎的心中悲苦，他今天所见到的才是鲛人的全貌，泉眼干枯，鲛族面临着灭种危机！

夏薇薇！植安奎挣扎着往小石门中挤去，他几乎可以看见穹顶上的一个人影若隐若现，塞涅卡不会放过他的，赫特斯特之箭一定不会放过他的……可是就算是死掉，也要把夏薇薇救出来……

"植安奎！植大魔术师！……"他听见达文西着急地呼唤，但是他还没来得及扭头去看，身体已经被疯狂的鲛人挤入小石门，再也停不下脚步……

好冷！为什么这么吵？！

夏薇薇的潜意识在自言自语，她浑身冷得直打战，可是耳边嘈杂声响成一片，她很困，还想睡觉呢！

咔咔咔，耳边传来玻璃裂缝般的脆响声，她想睁开眼睛看个究竟，可是身体一点力气都没有，连动一下都很吃力。她生病了吗？夏薇薇思索着……植安奎呢？达文西呢？林沐夏呢？为什么不过来帮帮忙？她已经好几天都这么昏昏沉沉地一动不动了，就是没人来叫她起来，现在她已经没有力气起来了……连睁开眼的力气都没有……

"跳起祈福之舞吧，夜明珠就要出世，鲛族就要获救；唱起祈福之歌吧，让鲛人脱离苦难，灾难已经太长，让我们活下去吧……"鲛人的大祭司游到高高地穹顶上，他挥舞着手里的权杖，双眼不断落下碧蓝的鲛珠。这十几年来，他见了太多的死亡，现在是时候结束了，哪怕上天降下惊雷劈碎他的天灵盖，他也要试一试。

鲛人纷纷闭上眼睛，他们手拉着手，围在一起高声歌唱，唱着鲛人的兴起，繁华与灾难……神圣的歌声飞扬……

遍体鳞伤的植安奎不断躲闪着金色的赫特斯特之箭，他目光迷离，几乎看不清前方……塞涅卡极力阻止他靠近圣水池，完全没有想到世界上竟然有人可以三番五次躲过他的金箭！

植安奎可以看见夏薇薇躺在一片冰面上，小脸面色煞白。都怪他误会她，没照顾好她，一开始见面的时候就应该猜到，她眼睛上的黑眼圈，无精打采的目光，还有冰冷的语气和僵直的身体……他统统都没有意识到，那个时候她已经被控制了……

铮的一声，一支箭扎入了植安奎的脚边，他的鞋子被钉在地上。植安奎顿时觉得头皮发麻，毫不犹豫地脱下鞋子赤脚往圣水池里跑。

鲛人还在跳舞，他们都是平民百姓，植安奎不能伤害他们，只好推开他们往前挤。他高声叫着："夏薇薇你快醒醒！你母亲卡迪娜王妃要来找你，她要在米尔庄园见你！夏薇薇！夏薇薇！"植安奎胡乱讲着。他守着夏薇薇入睡的时候，好几次都听见她梦呓母亲卡迪娜王妃，那是她心底的一根刺、一根弦，绝对可以刺激她的意识……

"大家继续！冰面破了！夜明珠就要出来了！鲛人获救了！"祭司大人大声叫道，只见原本平整的冰面顿时裂开一条缝隙，两道耀眼的白光直射到穹顶之上。祭司的脸在白光中喜悦地笑起来，他挥舞着手里的权杖，号召大家继续大声唱起歌来！

卡迪娜王妃要来？她真的要来？

夏薇薇忽然看见一片片粉红色的云朵，巧克力色的房顶，矮矮的蘑菇邮筒；带着水晶冠的卡迪娜王妃笑容明媚，她的眼睛清澈透明，像水晶，像钻石；她蹲下身子，对着跌跌撞撞的三岁小女孩伸出手臂，她的声音如同天籁："夏薇薇，你是妈妈的宝贝！我爱你……爱你……"

"妈妈！"夏薇薇惊叫出声，坐直身体，两个美丽的光球围着她的身体缓缓地转悠着，温暖的光辉照耀着她的脸颊。夏薇薇只觉得自己绵软无力的身体瞬间充满能量，意识也逐渐清晰。她疑惑地托起两颗夜明珠，原来雨声的身体里有两颗夜明珠，它们相应相呼，谁也离不开谁，就像一对恋人……可是，夏薇薇用另一只手捂住胸口，这里突然又酸又痛，似乎连呼吸都不能够了……

"放下夜明珠！让夜明珠归位！让鲛人安宁！"周围突然发出巨大的

怒吼声。

可是夏薇薇一点都听不见,她的脸庞映在美丽的珠子上。突然,珠子动了一下,夏薇薇的心跟着抽痛,她发现珠子上的影像模糊了,下意识地用手去擦,没想到她的手沾了一层暖暖的液体……她再去擦,珠子又湿润了,再擦,它还是湿的……

"你……哭了吗?"夏薇薇问那对珠子,心头一热,视线已经模糊。她不明白,为什么摸到它们,心就一点点往下沉,那种发自内心的难过丝丝漫入骨髓,浑身都被牵扯着难受,眼睛更是一点都舍不得离开它们……

"你快点放下夜明珠!不要玷污了它们!"鲛王带领着一堆鲛族士兵闯了进来,他冰雕般的面庞无比威严,众多全副武装的鲛人向着圣水池扑去。

夏薇薇猛地一吓,远远地看见浑身是伤的植安奎站在人群里,他赤着一只脚,不断打翻要去攻击她的鲛人士兵……场面乱成一团,平民鲛人还沉浸在梦幻中高歌舞蹈……士兵们却早已打成一团……

"我们来了!"林沐夏和达文西每人手里都拿着许多用海草编织好的帽子,他们见到鲛人士兵就往他们头上扣一顶帽子,鲛人士兵就软绵绵地倒下身子,趴在地上不动了。

植安奎见状,目光闪了一下。果然是聪明狡黠的林沐夏和达文西,真是好样的!

突然,曼耶华手持银弓朝正在战斗的植安奎飞扑过去。夏薇薇惊叫起来,她用尽全身力气扔出蔷薇魔杖,挡住了曼耶华的进攻。目光相对的刹那,她可以看见曼耶华的愤怒。

"唯有洒上仙人之血,夜明珠才会归位!"祭司大人瞅准机会,他猛地俯冲下来,手里的权杖向着夏薇薇刺去……他的眼中布满红血丝,只要仙人的血溅到夜明珠上,那么一切都结束了!

"不可以!"一声清甜的呼喊从池底发出,伴随着一道绚烂的紫光,一个紫发鲛人从圣池中飞出。她细弱的双臂接住了祭司大人即将刺入夏薇薇头顶的权杖，新结成的鱼鳍稚嫩又美丽，浑然天成的线条，透明中泛着浅紫色的鱼鳍……还有，异于普通人的力量……她竟然可以接住祭司大人的权杖……

所有的鲛人都惊呆了！

"成鲛术"终于成功了！

世间第一个紫发鲛人横空出世，她将会是曼耶华的妻子，新一任的鲛族王妃！

"雨声……"曼耶华骤然停下手里的动作，透过飞舞的刀枪箭雨的目光在那一抹紫光上停滞下来。

"小心！"夏薇薇尖叫起来，当所有人的目光都被雨声吸引的时候，塞涅卡的赫特斯特之箭却直飞下来，箭心瞄准植安奎的后背……夏薇薇猛地起身扑过去，脚踝却被圣水池边沿绊住，她狠狠地跌倒在地。

"让仙人的血洒在夜明珠上！快！"祭司大人命令着，圣水池旁边的一位鲛人立刻抓起夏薇薇的手指，用锐利的鱼鳞划过她的指尖，让鲜红的血滴落到夜明珠上……白光突然万般璀璨……

"植安奎！"夏薇薇哭叫着，她的心揪成一团，猛地闭上眼睛，再也不敢去看。噗的一声，她听见了箭射入人身体的声音，心顿时滞在了嗓子眼，撕心裂肺地绞痛起来。

夜明珠缓缓地腾起身子，它掠过已经感染疾病的鲛人身体，那些人就神奇地康复了；它飞过圣水池，水池的缺口就自动愈合了……鲛人们感动得大哭起来，他们追随着夜明珠，纷纷奔跑出去……

夏薇薇跌跌撞撞地爬下圣水池，浑身的力气像被抽干一般。

"坏蛋祭司大人，给你顶帽子戴戴！"达文西游到祭司身边，扬起手臂给他扣上了一顶海草编的帽子。

祭司当即就晕乎乎地倒在了地上，精疲力竭的雨声也跟着往下坠，曼耶华适时游过去，接住了她下落的身子。

"野栗恩……你没事吧？"夏薇薇听到林沐夏急切的低声呼唤，是野栗恩？那植安奎呢？她睁开眼睛看过去，乱糟糟的石台上，野栗恩的后背扎了一柄金剑，他神色凄迷，嘴巴里不断往外冒血，植安奎震惊地盯着他，黑眸颤抖。

"塞涅卡……你的灵魂滞留得够久了，跟我走吧。"身受重伤的野栗恩缓缓扬起手臂，对着圣水池的穹顶招手。

突然一道金光逼近，一张几乎跟曼耶华一模一样的脸出现在大家面前。他微笑着，转过身，把手里的赫特斯特之箭递给曼耶华，轻轻地说："我的使命到今日总算完成了。曼耶华，你要担当起保护鲛族人的使命。"旋即，塞涅卡又走到植安奎身边，深邃的目光略带一丝歉意："请你原谅我的过错，我会到我该去的地方接受惩罚。"

植安奎皱紧眉头瞪了一眼塞涅卡，道歉有什么用！要不是野栗恩为自己挡了一箭，自己如今都快死了！

"野栗恩，我们走吧。"塞涅卡拱起右手食指，秀美的发丝缓缓落下。原本奄奄一息的野栗恩突然变成一只黑蝴蝶，落在了塞涅卡的食指上，光影顿时绚烂，刹那间，黑蝴蝶和塞涅卡都消失不见了。

鲛族的人们一片欢欣，他们载歌载舞，从家里拿出最美丽的饰品打扮自己。海水变得更加清澈，鲛人葬场变为平地，不断有美丽晶莹的泡沫飞出去，在海中来回地漂荡……等到明天日出时分，他们会跟着阳光浮出水面，奔向新的世界。

就像所有的童话故事那样，后来，曼耶华与雨声相亲相爱，幸福地生活在一起。他们共同管理着鲛人的世界，打破了鲛与人类不能相爱的禁忌。而鲛族的这位与众不同的紫发王妃，也深受族人的爱戴。

林沐夏在临行前告别的时候，才获知小爱殿下出生的时候就是八岁，如今几十年已经过去，她还是八岁模样，心智依旧单纯不改当年……直到最后他们才明白，小爱的灵魂之所以是最纯净，就是因为她拥有永远都不会消失的童年……

奢华的米尔庄园里。

"小夏薇薇，你觉得我穿女装怎么样？"达文西试探性地问夏薇薇。

"当然是超级棒！而且你设计的鲛绡的服饰相当时尚！"夏薇薇一边吃着提拉米苏，一边竖起大拇指赞叹。

"那么你会不会觉得我懦弱？"林沐夏涨红了脸问。

"天呀，沐，你是我见过的最勇敢、最聪明的人了！你和达文西发明的'迷药帽'简直太棒了！那么大个子的鲛人士兵，你们一下子就把他们弄晕了，简直比魔法还厉害！"夏薇薇眉眼俱笑，开心极了。

"那么我呢？"植安奎拄着拐杖，身上绑着绷带从卧室里走了出来。阳光十分灿烂，四处都暖洋洋的。

"你？"夏薇薇皱起秀眉，疑惑地问。

"植安奎的意思是想知道你讨厌他吗？"达文西露出一脸贼笑，问夏薇薇。

"不讨厌啊，虽然他有时候有点不可一世！"夏薇薇嘟起嘴吧，认真地回答。

植安奎和林沐夏面面相觑，那封信里好像就说过植安奎不可一世吧？果然，他们注意到植安奎的脸从白到红，又从红到紫……

"呃……"夏薇薇突然呻吟着，她的胸口剧烈疼痛起来，手里的提拉米苏滚落在青草地上。她的身体软绵绵地滑落到桌子下面，双目紧闭的脸上一片惨白……她仿佛又看见了那一双夜明珠，它不断地沾满温热的水光，像……泪珠……

"大家准备好行装，去黑沙漠！"伴随着植安奎的一声命令，夏薇薇什么都听不到了，她的意识逐渐剥离，闭上眼睛，沉沉地睡去……

在昏昏沉沉的睡梦中，夏薇薇仿佛又回到了几个月前的那一天——

天空白云朵朵，丝丝缕缕如同散落的棉花糖；地上青草如茵，白石子小路从脚下延展到一座典雅的喷泉前，晶亮的水花四溅，把阳光氤氲成耀眼的钻石。

夏薇薇焦急地望着米尔庄园的入口，对于身边的美景，她一点欣赏的心思都没有。

哥特式教堂的钟声响起，敲击着她的心。

就在这一天，她突然接到一通陌生来电，卡迪娜王妃会来米尔庄园跟她会面……可是，最后来的，竟然是植安奎那个家伙！

那通陌生的电话到底是一个玩笑，还是确有其事？失踪了十几年的卡迪娜王妃，现在到底身在何处？

而这枚深埋在夏薇薇心中的黑钻，如同悬在她头顶的达摩克利斯之剑，随时都可能引发致命的危险。

亚利桑那的蔷薇花树还在继续枯萎，"蔷薇劫难"并未结束。在黑沙漠，夏薇薇一行会找到这一切问题的答案吗？